발렌 판타지 장편소설

FANTASY STORY & ADVENTURE

마법군주
인 칼리스타

10

★
dream
books
드림북스

마법군주 *10*
드래곤의 계승자

초판 1쇄 인쇄 / 2012년 4월 20일
초판 2쇄 발행 / 2014년 10월 2일

지은이 / 발렌

발행인 / 오영배
책임편집 / 이신옥
펴낸 곳 / (주)삼양출판사 · 드림북스

주소 / 서울시 강북구 솔샘로67길, 92
대표 전화 / 02-980-2112 팩스 / 02-983-0660
편집부 전화 / 02-980-2116 팩스 / 02-983-8201
블로그 / blog.naver.com/dreambookss

등록번호 / 제9-00046호
등록일자 / 1999년 3월 11일

값 8,000원

ISBN 978-89-542-4312-4   04810
ISBN 978-89-542-3334-7   (세트)

* 지은이와 협의하에 인지는 생략합니다.
* 잘못된 책은 구입한 곳에서 바꾸어 드립니다.

마법군주
인 칼리스타

제1화

움직이는
감옥

'으윽.'

머리가 끊어질 것 같은 고통 속에서 모레츠는 눈을 떴다. 이처럼 지독한 두통은 태어나 처음이다. 나름 건강 체질이라 자부했거늘 도저히 이대로 있을 수가 없었다.

"누구 없느냐?"

치료사든 약이든 둘 중 하나가 당장 필요했다.

"이제 깨어나셨군."

"뭘 잠을 그렇게 오래 주무시나. 기다리다 아주 날 새는 줄 알았네."

지끈거리는 머리를 부여잡으며 뒤척거리던 모레츠의 몸이

순간 경직되었다. 굳은 듯 움직이지 않던 그의 고개가 천천히
위로 들렸다.

'제기랄!'

두통 때문에 잠시 잊고 있었다. 기절하기 직전의 일들이 생
생하게 떠오르며 뿌드득 이가 갈린다.

"계속 그러고 있을 건가 봐?"

조소하며 묻는 이는 테라였다. 그의 옆에는 같은 황실 마법
사인 로이드와 바이런 말고도, 병사들에게 심한 매질을 당했
던 오스왈트와 그룬버그가 살기를 번뜩이며 그를 노려보고 있
었다.

'저것들이 감히!'

모레츠의 주먹 쥔 손이 부들부들 떨렸다. 대공작가의 후계
자인 그가 언제 저런 눈빛을 받아 보았겠는가. 그것도 평소 천
하디천하다 여긴 평민에게서.

그러나 모레츠는 입술을 깨물며 잘 참아냈다. 인정하기 싫
지만 이미 상황은 역전되었다. 반대로 자신의 목숨을 걱정해
야 할 때가 온 것이다.

'당분간만이다. 내 기필코 네놈들을 가만두지 않겠다.'

살심을 겨우 가라앉히며 모레츠가 일어섰다. 맨바닥에 누워
있었다는 사실보다, 그런 자신을 이들이 지켜보고 있었다는
것에 그는 더한 모욕감을 느꼈다.

"허튼수작하지 마. 네 검이라면 진즉에 부러뜨려 버렸으니

까."

허리를 더듬던 모레츠의 손길이 멈췄다. 딱히 기대한 것은
아니었으나 허전해진 허리가 불안감을 더욱 가중시켰다.

"날 어쩔 셈이냐?"

"내가 했던 말 생각 안 나?"

"무슨 뜻이지?"

"과연 생긴 대로 머리가 나쁜가 보네."

"뭐야?"

버럭 소리치는 모레츠에게 테라가 이를 보이며 사악한 미소
를 지었다.

"동결구를 풀면 내가 널 어떻게 한다고 했더라?"

"……?"

"저런, 이렇게까지 말하는데도 몰라? 하나 힌트를 주지.
불!"

'불?'

모레츠의 의문은 길지 않았다. 불이라는 단어를 듣는 순간,
악에 받쳐 일갈하던 테라의 모습이 번개처럼 떠올랐다.

　"비겁한 자식! 내가 이걸 풀게 되면 네놈을 꼭 불태워 죽이
　고야 말겠어!"

당시에는 코웃음을 치며 비웃고 말았던 것이 입장이 뒤바뀌

자 원치 않는 두려움을 불러왔다. 온몸에 불이 붙는 것을 상상하자 소름이 돋았다.

"이제 기억났나 보군. 내가 한 가지 사실을 더 알려 줄까? 언젠가 책에서 읽은 건데, 인간이 느끼는 고통 중에서 가장 최악의 고통이 작열통(灼熱痛)이라더군. 너무 끔찍하게 아파서 차라리 죽고 싶어진다나?"

"……!"

"감히 네깟 놈이 폐하와 스승님을 건드려? 황실 마법사가 네놈에겐 그리도 우습게 보였더냐?"

두 팔을 걷어 올리며 테라가 앞으로 나섰다.

"각오는 되어 있겠지?"

마른 몸 어디에서 그런 박력이 나오는지 평소의 그와는 달라도 너무 달랐다. 모레츠는 자신도 모르게 흠칫거리며 두어 발짝 뒤로 물러났다.

"테라야."

그때 다행인지 불행인지 꾸짖는 음성과 함께 럼블리 백작이 나타났다. 마법을 되찾은 그의 얼굴은 본연의 젊은 모습을 하고 있었다.

"스승님께선 말리지 마십시오. 오늘 저 녀석을 죽이지 못하면 제가 사람 새끼가 아닐 겁니다."

"저희도 이번만큼은 말리기 싫습니다."

어째서 보고만 있느냐는 스승의 눈초리에 로이드와 바이런이 굳은 목소리로 항변했다. 그런 제자들의 마음을 모르는 바는 아니지만, 럼블리 백작은 다시 한 번 엄히 야단쳤다.

"폐하를 모시는 황실 마법사가 이렇듯 함부로 생명을 해한다면 어느 누가 폐하를 따르려 하겠느냐? 죄를 지었다면 마땅히 대가를 치러야 하나, 그 과정 또한 정해진 절차를 따라야 하느니라."

"그 절차는 왜 늘 저희만 따라야 합니까?"

"맞습니다. 저들이 한 짓을 보십시오! 스승님께선 분하시지도 않습니까?"

"나도 분하다. 하나 아직은 그 분함을 풀 때가 아니니라."

"사태가 이 지경이 되었는데 때가 아니라니요! 지금이 아니면 우리는 대체 언제……."

"숭고한 노력 끝에 얻은 마법을 고작 사람을 죽이는 데 쓸 거라면 너희 마음대로 하거라! 단, 그럴 시엔 두 번 다시 내 앞에는 나타나지 말아야 할 것이다. 난 그런 제자를 둔 적이 없다!"

단호한 스승의 말에 결국 진 건 제자들 쪽이었다. 한없이 풀어 주다가도 이럴 땐 절대 봐주지 않는 스승이라는 걸 그들은 너무나도 잘 알고 있었다.

"……쳇, 알았어요. 알았다고요! 아무튼 꼬장꼬장한 건 제국에서 최고라니까!"

투덜거리며 테라가 뒤로 물러났다. 하지만 그것은 일시적인 것일 뿐, 속으로는 몰래 다음을 기약하는 중이었다.

"억울하면 내가 대신 손 좀 봐 줄까?"

불쑥 끼어든 음성의 주인공은 라키아였다. 그가 리안과 함께 그들을 향해 걸어왔다.

모레츠의 시선이 불타올랐다. 저 두 놈 때문에 자신이 이런 초라한 꼴이 되고 말았다.

예전이나 지금이나 증오스럽기만 한 존재들. 당장 달려가 목을 베고 싶은 충동에 휩싸였다.

"쯧쯧, 눈에서 아주 독을 뿜어내고 있구먼."

끌끌 혀를 차던 라키아가 돌연 리안을 흘겨봤다.

"근데 저 자식 왜 저렇게 멀쩡해? 너, 제대로 혼내 준 거 맞아?"

장시간을 바닥에서 보낸 탓에 흙이 좀 묻었을 뿐, 모레츠의 상태는 이전과 별반 달라진 게 없었다. 상처는커녕 그 흔한 멍 자국조차 보이지 않았다.

때려죽여도 시원찮을 녀석을 리안이 봐줬다고 생각하자 라키아는 갑자기 속에서 열불이 났다.

"마음이 그렇게 약해서 어따 쓸래?"

"내가 마음 약하다고 누가 그래?"

"증거가 바로 눈앞에 있거든?"

"글쎄. 과연 조금 후에도 그런 소리가 나올까?"

본인이 모진 성격이 못 된다는 건 리안도 인정한다. 하지만 모레츠는 다른 누구도 아닌 그의 가족을 해치려고 하였다. 그런 자에게까지 아량을 베풀 만큼 리안은 착한 사람이 아니었다.

"듣자 하니 날 고문이라도 할 모양인데 꿈 깨는 게 좋을걸? 내가 순순히 입을 열 것 같아?"

자신을 사이에 두고 오가는 둘의 대화에 모레츠는 기가 막혔다. 어쩌자고 이런 신세가 되었는지 새삼 억울해 미칠 지경이었다.

'훗.'

리안은 피식 웃음이 나왔다. 일견 당당한 듯하여도 모레츠의 손이 살짝 떨리고 있었기 때문이다.

나이는 자신보다 한 살이 더 많았지만, 역시나 그는 아버지의 위세만 믿고 자라 온 철없는 애송이였다.

그런 자에게서 무엇을 얻어낼 수 있을까?

모레츠의 이용 가치는 맥카시 공작을 잡기까지의 인질.

그 이상, 그 이하도 아니었다.

"오해하지 마십시오. 지금은 물론 차후에도 모레츠 경을 고문할 일은 절대 없을 겁니다."

"흥! 내가 그 말을 믿을 정도로 그렇게 순진해 보여? 미리 경고하는데, 나를 통해서 알아낼 수 있는 건 아무것도 없을 것이다. 그러니 괜한 헛수고 하지 마라!"

"혼자 넘겨짚는 것도 모자라 아주 무한 상상을 하시는군.

고문도 알고 싶은 게 있어야 하는 거라고, 네놈의 그 잘난 아비가 안 가르쳐 주더냐?"

"감히 백작 주제에 공작인 나의 아버지를 능멸하는 것이냐?"

라키아의 조롱에 얼굴이 뻘게진 모레츠가 소리쳤다.

"내가 황도에 돌아가면 아버지께 네놈들이 무슨 짓을 하였는지 하나도 빼놓지 않고 고하겠다!"

"살아서 돌아갈 수 있다 자신하나 보지?"

"당연하지! 황제와 황후가 내 아버지의 손에 있는 이상 네놈들이 과연 나를 어쩔 수 있을까? 내 몸에 생채기라도 하나 내었다간, 아마 둘 중 하나는 목숨 건지기 어려울 것이다! 내가 장담하지!"

당황한 나머지 잊고 있었다. 자신은 절대 혼자가 아니다. 비록 떨어져 있다고는 하나 누구보다 든든한 아버지가 건재하시다.

황제와 황후를 살리기 위해서라도 자신을 함부로 건드리지 못할 터. 아주 불리한 상황만은 아니었다.

'후후.'

모레츠의 입가에 오랜만에 미소가 번졌다. 하지만 그 미소가 걷히는 것은 순식간이었다.

"아직 소식을 못 들었군."

"소식?"

"네놈에겐 참으로 안됐다만, 폐하와 황후 마마께선 무사히 황궁을 탈출하셨다. 네 아비가 갖은 수를 동원하여 찾고는 있지만 아직도 오리무중이지."

"그, 그게 무슨 개소리야! 우리 아버지가 어떤 분이신데! 날 속이려거든 좀 더 믿을 만한 걸 대어라!"

악을 쓰며 받아치기는 했지만 모레츠는 내심 불안했다.

정녕 아버지께선 도망친 그들을 잡지 못하셨단 말인가?

"네놈이 믿건 말건 상관없다. 네가 믿지 않는다고 해서 사실이 달라지는 건 아니니까. 다만 네 아비를 믿고 너무 날뛰지는 말길 바란다. 내가 좀 참을성이 부족하거든."

라키아의 말은 진심이었다. 조금 전까지만 해도 장난기가 섞여 있던 음성이 어느새 확 달라지고, 남청색 눈동자에는 스산함이 풍겼다.

'정말이다. 거사는 실패했어!'

그 순간 모레츠는 깨달았다. 믿기지 않지만, 아니 믿고 싶지 않지만 상대의 말은 사실이었다.

'어, 어떻게!'

별안간 머릿속이 새하얘졌다. 일어나서는 안 되는 일이 벌어졌다.

아버지가 실패하였다니!

자신은 이리되었어도 아버지만은 당연히 성공할 줄 알았다. 여태 그래 왔으니까.

대관절 일이 어찌 돌아가려고 이리되었단 말인가!

"이제 좀 상황 파악이 되시나?"

아무 얘기도 들리지 않았다. 그저 속히 아버지를 만나야겠다는 생각만이 모레츠를 사로잡았다.

"오스틴, 오스틴 백작님은 어디로 빼돌린 것이냐!"

가장 큰 힘이 되어 줄 사람은 역시 그밖에 없었다. 그와 함께 아버지께 돌아간다면 다시 기회가 있을 것이다. 절대 무력하게 포기해서는 안 된다.

"네놈이 정신이 없긴 없나 보군."

"뭐?"

반문하는 모레츠에게 라키아가 뒤를 보라며 턱짓했다. 황급히 뒤를 돌아보던 모레츠는 순간 자신의 눈을 의심했다.

"배, 백작님!"

그간 봐 왔던 백작의 모습이 아니었다. 단정하던 머리는 피가 붙은 채 엉켜 있고, 온몸엔 베인 상처들이 그득했다. 한쪽 허벅지에는 갑옷 대신 붕대를 매고 있었는데, 상흔이 꽤 깊은 듯 아직도 붉은 피가 배어 나오고 있었다.

비단 백작만이 문제가 아니었다.

그의 수하인 아이언 기사단은 물론이고 함께 온 병사 전원이 피를 흘리거나 신음하며 바닥에 쓰러져 있었다.

"이, 이게 무슨……!"

일전에 타운젠드 공작의 성에서 크라우저 후작을 마주했을 때와 같은 느낌이었다.

여기가 칼리스타 백작의 땅이긴 하지만 오히려 수적으로 우세한 건 그들이었다. 기사단의 수야 비슷하다 쳐도 병사의 수는 거의 두 배 가까이 차이가 났기 때문이다.

헌데 저들을 보아라.

적군을 중앙에 몰아넣고 그 주위를 포위하고 있는 상대측 병사들의 상태는 너무도 당당하고 멀쩡했다. 간혹 병사들 중 부상을 입은 자들이 더러 보이긴 하였지만, 기사단 어느 누구도 작은 찰과상 하나 입지 않았다.

재차 눈을 씻고 살펴보아도 그들의 빛나는 황금색 갑옷에는 스친 자국 하나 남아 있지 않았다.

"마, 말도 안 돼!"

실력이 월등하게 높지 않은 이상 절대 벌어질 수 없는 풍경이었다. 믿기지 않는 현실 앞에서 모레츠는 고개를 가로저으며 강하게 부정했다.

"어서 죽여라!"

그때 수하들의 부축을 받으며 오스틴 백작이 일어섰다. 라키아의 검에 의해 제대로 걸을 수조차 없게 된 몸이지만 그는 결코 기상을 잃지 않았다. 오히려 기사답게 명예롭게 죽기를 원했다.

"죄송하지만 그렇게는 안 될 것 같습니다."

모레츠도 깨어났으니 이제 마지막 정리를 할 때가 왔다. 리안의 낮은 목소리가 대기를 갈랐다.

"개방!"

우우우웅!

그것은 공간의 어그러짐이었다. 리안이 손을 뻗으며 명한 순간, 아무것도 없던 허공에 금색 점 하나가 생기더니 공간을 찢으며 서서히 그 영역을 넓혔다.

물결처럼 일렁이는 그것은 마치 현 세계와 다른 세계를 잇는 문(門) 같았다.

"저, 저건!"

테라가 덜덜 떨리는 손가락으로 그것을 가리켰다.

"이건 불가능한 일이야……."

"어찌 이런……!"

로이드와 바이런도 사색이 되서는 잇따라 중얼거렸다.

스승인 럼블리 백작의 상태는 그들보다 더하면 더했지 덜하지 않았다. 한동안 명한 표정만 짓던 백작이 어느 순간 기침을 토하며 뒤로 고꾸라졌다.

"스승님!"

제자들이 재빨리 부축하여 넘어지는 불상사는 면했지만 그의 눈은 정상이 아니었다.

"아, 아공간……!"

그랬다.

이제는 사라졌다고 알려진 8서클의 대마법.

그것은 새로운 세계의 공간을 여는 아공간 마법이었다.

마법에 무지한 이들은 그저 신기하게만 여기고 말 일이지만, 황실 마법사인 럼블리 백작과 그의 제자들은 직접 보고서도 믿기지가 않았다.

고도의 정신력을 요하는 데다 실패 시 치명상을 입을 수 있어 9서클의 마법사들조차도 시전하기를 꺼리던 것이 바로 아공간 마법이기 때문이다.

그런 엄청난 것을 선보이고서도 아무렇지도 않게 서 있는 리안을 보며 럼블리 백작은 이게 꿈이라고만 생각했다. 물론 그 꿈은 리안의 다음 말에 보기 좋게 깨졌다.

"이것의 이름은 키에르지엔, 앞으로 당신들이 머무르게 될 감옥입니다."

    *   *   *

위기를 무사히 넘겼으니 기뻐해야 마땅한 상황이었다. 하지만 실내에 감도는 건 알 수 없는 긴장감과 한 사람을 향한 의심스러운 시선이었다.

"많이 놀라신 모양입니다."

먼저 운을 뗀 것은 리안이었다. 그가 자신에게 쏠린 럼블리 백작과 그의 제자들의 눈길을 담담히 받아내며 이야기를 꺼냈다.

"일부러 속인 것은 아니니 오해하지 않으셨으면 합니다. 제국을 떠나 있던 사이 큰일을 겪으면서 작은 진전이 있었습니다. 그래서 보셨다시피 8서클의 마법사가 되었습니다."

8서클!

방금 전 직접 눈으로 목격을 했음에도 럼블리 백작은 재차 놀랐다.

보았지만 믿지 못했다.

아니, 믿고 싶어도 믿을 수가 없었다.

지금이야 고백하건대 리안의 6서클을 인정하기도 그에겐 쉽지 않았다.

하물며 위 단계인 7서클을 뛰어넘고 바로 8서클이라니!

저 나이에 그것이 가당키나 한 일이란 말인가?

이루지 못하여서 하는 질투가 아니었다. 감히 상상조차 하지 못했던 마법을 목도한 마당에 그런 마음을 품는다는 것 자체가 불경이다.

마법이 쇠하면서 어느 누구도 이룰 수 없을 거라 생각하던 절대 경지. 그 경지를 실제로 마주하자 사고가 정지된 느낌이었다.

눈으로 본 것을 뇌에서 받아들이지 못하고 있다고 해야 할까?

그것은 급기야 헛것을 본 게 틀림없다는 착각마저 들게 했다. 아니면 리안이 이상한 수를 썼거나.

"휴우, 사람을 괴물 보듯 쳐다보시니 앉아 있기가 불편하군요. 일단은 제가 나가 있는 게 좋을 듯합니다. 마음 가라앉히시면 다시 오도록 하지요."

"저, 정말…… 아공간 마법입니까?"

리안이 일어서려는데 테라가 떠듬거리며 물어 왔다.

그를 곧이 응시하며 리안이 말했다.

"보신 그대로입니다."

"아공간이라는 것이 현실로 진정 가능한 마법이었습니까?"

이번엔 로이드다. 평소 근엄하던 모습은 온데간데없고 그가 희망과 흥분이 뒤섞인 소년 같은 얼굴로 질문했다.

리안은 빙그레 웃었다.

"불가능하다면 제가 시행하지 못했겠죠."

"무슨 일이 있으셨던 겁니까?"

혼란스러워하는 그들에게 리안은 목숨을 잃을 뻔했던 숲에서의 일을 들려줬다. 물론 세이프리드에 대한 이야기는 빼놓고 내용도 조금 각색했다.

"……아사 대신 창을 맞고 쓰러지는 순간 불현듯 어떤 깨달음이 찾아왔습니다. 저도 아직 정리를 하지 못한 막연한 것이어서 네 분께는 자세히 말씀드리지 못하지만, 그것을 계기로 몸을 치유하고 8서클에 오를 수 있었습니다. 무슨 이유인지 그 과정에서 눈이 금안으로 변하고 몸에는 이렇게 빛이 배었지요. 마법으로도 제어할 수가 없어 그냥 둔 상태입니다."

"스스로 몸을 치유하셨다는 말씀입니까?"

"네, 마나의 통제력이 향상되면서 치료 마법에도 발전이 있었습니다."

리안의 놀라운 말에 다들 입을 다물지 못했다.

지금껏 자기 자신의 몸을 치료한 마법사는 없었다. 치료 마법이 다른 마법에 비해 익히기가 까다롭고 마나의 양이 많이 필요하여 등한시 여겨 온 이면에는 본인에게는 사용할 수 없다는 단점 역시 크게 작용했던 것이다.

가벼운 신체 회복 마법 정도라면 몰라도 이 같은 경우는 처음이다. 8서클도 경악스러운 판국에 이걸 어떻게 해석해야 할까?

"어쨌든 덕분에 무사히 돌아올 수 있었습니다. 다음에 기회가 생긴다면 치료 마법 분야를 더 연구해 보고 싶습니다."

"허면…… 워프 마법은 어떻습니까?"

제자들의 질문이 이어지는 동안 한마디도 하지 않던 럼블리 백작이 드디어 목소리를 냈다. 워프 마법이 아공간 마법보다 한 단계 아래인 7서클의 마법이라고는 하나 난해하기로는 막상막하였다.

리안은 뜸 들이지 않고 대답했다.

"황도에 먼저 들렀다가 오는 길입니다."

머릿속에서 빠르게 계산이 오고 갔다. 묘인국과 황도와의 거리, 또 황도에서 여기까지.

답은 금방 나왔다. 워프 마법이 아니라면 리안은 현재 이곳에 있을 수 없다.

잠시 실내가 고요에 잠겼다. 이미 8서클의 마법을 보고 난 이후이건만 워프 마법이 가능해졌다는 사실을 인지하기까지 또 다른 시간이 걸렸다.

"와……."

네 사내의 가슴속에 격동이 몰아쳤다.

"이건 기적이야!"

갑자기 테라가 벌떡 일어나더니 소리쳤다.

"다시금 마법의 시대가 도래하는 거야! 8서클이라니! 신께서는 우리 마법을 버리신 게 아니었어!"

의구심은 이제 다 사라졌는지 테라가 정신없이 주변을 왔다 갔다 하며 중얼거렸다.

"내가 살아 있는 연대에 이러한 일이 생길 줄이야! 이게 정녕 꿈은 아니겠지? 오, 신이시여! 정녕 감사하나이다!"

그 옛날 찬란했던 마법의 시대가 테라의 뇌리에 새로이 펼쳐졌다. 언제나 바라고 바라 왔던 장면!

녀석이 돌연 리안에게 무릎을 꿇고 청원했다.

"저를 제자로 받아 주십시오!"

"에라이!"

응징은 신속했다. 바이런이 테라의 뒤통수를 쥐어박고는 자리로 질질 끌고 갔다.

"아얏! 왜 때리고 그래!"

"너 지금 그걸 말이라고 지껄이는 거냐? 네 눈엔 스승님이 안 보이지? 응?"

"아, 그게 뭐가 어때서! 스승님이 둘이면 안 되는 법이라도 있어? 로이드 형, 그런 법 없지? 그치?"

"없긴 왜 없어! 내가 지금 막 만들었거든?"

반항하는 테라의 목을 팔뚝으로 조인 채 바이런이 짤짤 흔들었다. 그 틈을 타 로이드가 럼블리 백작에게 사죄했다.

"죄송합니다, 스승님. 녀석이 아직 철이 없어서……."

"난 괜찮다. 저 녀석이 저러는 게 어디 하루 이틀이더냐?"

제자의 망언에 백작은 오히려 미소를 지었다. 테라가 노린 것은 아니겠지만 덕분에 긴장이 풀리며 흐려졌던 의식이 돌아왔다.

"진심으로 축하드립니다. 이 나라에 칼리스타 백작님과 같은 인재가 태어나신 것은 진정 축복입니다!"

"아닙니다. 그저 운이 좋았습니다."

"운도 실력이라는 말 모르십니까? 이렇게 백작님을 뵙는 것만으로도 폐하에 대한 걱정이 줄어드는 것 같습니다."

황제를 떠올리자 백작의 얼굴에 수심이 짙어졌다.

보통 때였다면 대대적으로 축하 파티라도 열었겠지만 지금은 그러고 싶어도 그럴 수가 없다. 놀람이 사그라진 자리를 채운 것은 암울한 현실이었다.

"상황이 이러지만 않았어도……."

8서클의 마법사가 되어 돌아온 리안이 아니었더라면, 럼블리 백작은 아마 충격으로 쓰러져 몸져누웠을지도 모른다.

속으로나마 폐하의 안녕을 빌며 백작이 밖에서의 일을 꺼냈다.

"그들은 어떻게 되는 것입니까? 그 안에서도 살 수 있는 겁니까?"

"네, 그곳에도 공기는 있으니까요. 음식은 하루에 한 번씩 넣어 줄 생각입니다."

"아공간이라는 것이 저희가 사는 곳과 똑같이 생겼습니까?"

바이런에게 목이 졸린 채로 테라가 끼어들었다. 책에서 몇 줄 읽기만 했지, 아공간에 대해 그들은 아는 바가 하나도 없었다.

"음, 그건 그럴 수도 있고 아닐 수도 있습니다. 공간의 주인이 어떻게 만드느냐에 따라 달라지는 것이니까요."

"다르다고요?"

"네, 아공간은 주인의 의지대로 변형이 가능합니다. 그렇기에 감옥으로 사용될 수도 있는 것이지요. 혹시나 염려하실까봐 미리 말씀드리면, 그들은 제가 허락하지 않는 한 그 안에서 절대로 나올 수 없습니다."

키에르지엔.

그곳은 성의 지하 감옥처럼 컴컴하지도 퀴퀴한 냄새가 나지도 않지만, 리안의 명이 없으면 평생을 갇혀 있어야 하는 무시무시한 곳이었다.

더욱이 사방 천지가 하얗기만 한 아무것도 없는 빈 공간이라서 어지간한 정신력으로는 버티기 힘든 곳이기도 했다. 차라리 고문을 당하는 것이 낫다고 여길지도.

"저도 들어가 보고 싶습니다!"

별안간 테라가 번쩍 손을 들었다. 바이런이 어이없어하며 녀석의 뒤통수를 재차 가격하려는 순간 로이드가 슬며시 제지했다.

"뭔데? 설마⋯⋯?"

그것이 끝이 아니었다. 럼블리 백작이 두 제자의 틈바구니에 은근슬쩍 발을 들여놓았다.

"나도 궁금하구나."

"스승님!"

기가 막힌 바이런이 얼굴 가득 인상을 쓰며 테라를 밀쳐냈다. 자신만 빼고 한통속이라는 게 믿어지지가 않았다.

아공간, 그도 궁금하기는 하다. 하나 그곳은 현재 감옥으로 쓰고 있는, 어떤 위험이 도사리고 있을지 모르는 미지의 공간이었다.

로이드와 테라는 몰라도(말도 안 듣겠지만) 스승님만은 절대 보내 드릴 수 없었다.

"영주님, 알만입니다."

리안의 허락과는 상관없이 그들끼리 옥신각신할 때쯤, 라키아와 알만이 들어왔다.

"자네 왔는가?"

아까는 경황이 없어 제대로 인사조차 나누지 못했다. 스승을 필두로 제자들이 라키아에게 뒤늦은 감사 인사를 전했다. 그들에게 리안과 라키아는 생명의 은인이었다.

"이제 좀 진정하셨습니까?"

"아직도 가슴이 두근거리기는 하지만 괜찮네. 늙은이가 잠시 주책이었지. 어쨌든 이렇게 무사히 돌아와 주어서 정말 고맙네. 폐하께서도 어서 이 소식을 들으셔야 할 터인데."

"곧 알려 드리러 갈 겁니다."

엘이 본격적으로 찾기 시작했으니 머지않아 기별이 있을 것이다. 어차피 벌어진 일, 리안과 라키아는 좋은 생각만 하려고 했다.

"날이 많이 찹니다. 드시면서 말씀 나누십시오."

어느새 탁자 위에는 차가 놓여 있었다. 그간 고생을 해서인지 다소 야위기는 했지만, 제복을 갖춰 입은 알만의 모습은 본래의 완벽한 집사였다.

"고마워, 알만. 잘 마실게."

오랜만에 목으로 넘어가는 카본티는 리안에게 편안함을 가져왔다. 폐하와 레지나의 행방은 아직 모르지만 어머니와 하인들을 지켜냈다. 그 사실이 리안은 언제보다 뿌듯했다.

"라키, 비앙카 양은 좀 어때? 많이 놀라셨을 텐데 내가 치료라도 해 볼까?"

"그럴 필요 없어. 며칠 잠을 못 잔 것 같길래 재우고 오는 길이야."

"하녀들에게 치근거리는 병사들을 쳐내시느라 비앙카 아가씨께서 고생이 많으셨습니다. 본인도 힘드신 와중에 마님까지 챙기시고, 열일곱이라는 나이가 믿기지 않을 정도로 침착하게 대응하셨습니다."

"오 년 전에 비하면 이건 일도 아니니까."

지금도 심각하기는 마찬가지지만, 그땐 열두 살의 비앙카가 보는 앞에서 온 가족이 죽어 갔다. 동생에게 다시금 이런 일이 생겼다는 것에 라키아는 새삼 분노가 일었다.

"그런데 아사는? 아까부터 어디 갔는지 안 보이네?"

라키아의 표정이 어둡게 변하자 리안은 일부러 화제를 돌렸다.

"그 녀석이라면 바쁘니까 당분간은 찾지 마라."

"바빠?"

"그래, 워낙에 빨빨거리면서 돌아다니길 좋아하는 녀석이잖아. 여기저기 기웃거리며 참견하는 중이니 볼일 있으면 네가 가야 할 거다."

못마땅한 어조이면서도 라키아의 얼굴에는 대견함이 엿보였다. 그에 리안이 의아해하자 알만이 덧붙였다.

"다들 무사한지 아닌지 직접 눈으로 확인하고 싶으신 모양입니다. 아무래도 성내 식구들과 가깝게 지내셨던 아사 님이니까요."

"아, 난 또 뭐라고."

아무튼 솔직하지 못한 건 알아줘야 했다. 대놓고 칭찬해 주는 게 그렇게 어려운 일인가?

성내 사람들과 두루두루 친했던 아사이니 녀석의 행동은 충분히 이해가 간다. 역시 남 생각해 주는 건 아사가 일등이었다.

"내가 없는 동안 특별한 일은 없었고?"

"맥카시 공작이 여러 차례 서신을 전하려고 한 것 말고는 없습니다."

알만이 리안에게 서찰 하나를 넘겼다.

"영주님께 직접 전달해야 한다며 억지를 부리다가 결국 제게 주고 갔습니다. 영주님의 부재를 확인하려고 그랬던 게 아닌가 싶습니다."

만약 리안이 자리를 비우지 않았더라면 맥카시 공작은 이번 일을 절대 벌이지 못했을 것이다. 아무리 아이언 기사단이 대단하다 하여도 5서클의 대마법사인 리안이 부담스러웠을 테니까.

아사의 부상으로 정신이 없지만 않았어도 대비를 더 철저히 하고 떠났을 것을. 이미 끝나 버린 일임에도 리안은 못내 후회스러웠다.

서신의 내용은 짤막했다.

칼리스타 백작 보게나.

올겨울 황도를 떠나 성에서 보낸다는 소식은 들었네.

따뜻한 그곳에서 잘 지내고 있는가 모르겠군.

다름이 아니라, 내달 중순쯤 나의 성에서 연회가 있을 예
정인데 참석할 수 있겠는가?

바쁘지 않다면 개인적으로 상의할 것도 있으니 꼭 와 주길
바라겠네.

그럼 겨울철 감기 조심하게나.

맥카시 공작.

"뭐래?"

궁금해하는 라키아에게 리안은 말없이 서찰을 건넸다. 무표
정하던 라키아의 얼굴이 서찰을 읽어 내려갈수록 사납게 일그
러졌다.

"하핫! 감기를 조심하라고?"

구겨진 서찰이 저만치 날아가 바닥으로 떨어졌다.

"이놈은 꼭 내가 조진다."

5년 전 그의 가문의 일도 맥카시 공작의 짓이었다. 아직 확
실한 물증이 없어 미뤄 두고 있을 뿐, 라키아는 하나도 잊지

않았다. 폐하의 존위까지 위태롭게 하는 공작을 이번에는 반드시 끝장을 내고 말리라.

"이제 어찌하실 겁니까?"

숨을 돌리고 나니 다음이 걱정이었다. 럼블리 백작이 불안한 음성으로 리안에게 물었다.

"레지나를 찾으러 갈 생각입니다."

"혹 어디에 계신지 알고 계신 것입니까?"

"아니요. 하지만 곧 알게 될 겁니다. 알만, 펜과 종이 좀 갖다 줄래?"

"갑자기 그건 왜?"

의아해하는 라키아에게 리안은 웃으며 바닥에 떨어진 서찰을 가리켰다.

"편지를 받았으면 답장을 해야지. 그게 예의잖아."

제2화

반격의 시작

"어서 옵쇼!"

손님을 맞는 주인의 얼굴에 오랜만에 화색이 돌았다. 어제까지만 해도 어수선한 정국 탓에 장사가 통 안 되어 가게를 접어야 하나 말아야 하나 하는 판국이었는데, 오늘은 무슨 바람이 불었는지 개시를 하자마자 벌써 두 번째 손님이다.

"날씨가 많이 춥지요? 이쪽으로 와서 얼른 몸 좀 녹이십시오!"

앞으로도 오늘만 같기를 바라며 주인이 서둘러 남자를 안으로 안내했다.

"……!"

언 손에 입김을 불어 가며 주인을 따르던 남자의 발걸음이 실내로 들어선 순간 우뚝 멈추었다. 그가 미간을 찌푸린 채 주위를 빙 둘러보았다.

"뭐 찾으시는 거라도……?"

"당신이 주인이야?"

남자의 첫마디는 꽤 사나웠다. 그가 주인에게 얼굴을 드밀며 손가락으로 벽난로를 지적했다.

"저렇게 해 놓고 지금 나한테 몸을 녹이라고 한 거야? 당신 미쳤어?"

바깥에 비하면 따뜻한 편이지만 안도 얼음장이긴 마찬가지였다. 손님을 맞아야 할 식당에서 이 겨울에 난로를 켜 놓지도 않았다는 사실에 남자는 기가 막혔다.

"내가 감기 걸리면 당신이 책임질 건가?"

"죄, 죄송합니다! 이제 막 불을 붙이려던 참입니다. 잠시만, 잠시만 기다리십시오!"

속으로는 미친놈이니 어쩌니 욕을 해댔지만, 주인은 두 번째 손님을 잃고 싶지 않았다. 그가 잽싸게 벽로로 달려가 장작에 불을 지폈다.

"진작 좀 피워 놨으면 좀 좋아?"

구시렁거리며 남자가 그제야 탁자로 걸어가 앉았다.

"……?"

요란한 사내의 등장에도 묵묵히 식사에 열중하던 오늘의 첫

손님. 엘이 식사를 중단하고 고개를 들었다.

"무슨 일이죠?"

"헤헤, 이런 날씨에는 좀 붙어 앉고 그래야 하는 거거든요. 어때요? 벌써부터 공기가 뜨끈해졌죠?"

그렇다. 식당 안에 많은 빈자리를 놔두고 그가 엘의 탁자에 합석을 한 것이다. 그녀의 의사와는 전혀 상관없이.

"여기 같은 걸로!"

면사 속 엘의 표정이 굳어지는 걸 아는지 모르는지 사내는 천연덕스럽게 음식까지 주문했다.

'참자, 참아. 참아야 해.'

남다른 외모 탓에 어려서부터 남자들의 수작질에는 도가 튼 그녀였다. 평소였더라면 주먹을 날려 나름의 응징을 했겠지만 아쉽게도 지금은 그럴 수가 없었다.

엘은 최대한 목소리를 내리누르며 남자에게 말했다.

"일행이 있습니다."

"일행이 있어요? 어디?"

사내가 반쯤 몸을 일으키더니 과장스럽게 주변을 휙휙 살폈다. 동시에 탁자 아래 가려진 엘의 주먹이 불끈 쥐어졌다.

"곧 도착할 겁니다. 그러니 자리를 옮겨 주세요."

"저런, 혼자 먹으면 밥맛 없어요. 이렇게 만난 것도 인연인데 우리 함께 식사하죠? 내가 같이 먹어 줄게요."

"전 괜찮습니다. 식사도 거의 끝났고요."

"에이, 반도 넘게 남았는데 끝나긴 뭐가 끝나요. 혹시 다이어트 중이에요? 흐음, 내가 볼 땐 충분히 날씬한데……. 나올 곳은 적당히 나오고, 들어갈 곳도 알맞게 들어가고. 완벽해요, 완벽!"

대놓고 엘의 몸을 훑던 남자가 휘파람을 불며 박수를 쳐댔다. 보통의 여자였더라면 노골적인 시선에 당황하여 소리부터 질렀겠지만, 엘은 남자들이 판을 치는 정보계에서 잔뼈가 굵은 여자였다.

그녀가 이전보다 더욱 화사하게 웃으며(면사 때문에 잘 보이진 않겠지만) 확고한 의사를 전달했다.

"일행이 머지않아 당도할 겁니다. 더 이상 실랑이하기 싫으니 좋게 말할 때 비켜 주시죠."

"헤에, 웃으니까 더 예쁘네."

헤벌쭉한 남자의 말에 엘의 입가에서 단숨에 미소가 사라졌다.

"인상 쓰지 말아요. 주름 생기니까."

"인상 안 썼거든요."

"면사 쓰고 있다고 안 보이는 줄 아나 본데 다 보이거든요? 예쁜 얼굴 망치지 말고 어서 마저 먹어요. 음식 남기면 벌 받아요."

"누가 보면 우리가 되게 친한 줄 착각하겠네요. 아무나 붙잡고 친한 척하는 게 당신 특기인가요?"

"나같이 잘생긴 남자가 친한 척해 주면 고맙지 않나요? 내가 그래도 어디 가서 빠지는 외모는 아닌데."

"그 '어디'에서 제 주변은 빼야 할 겁니다. 빠져도 한참 빠지는 외모거든요."

객관적으로 평하자면 남자의 외모는 꽤 준수한 편이었다.

나이는 한 이십 대 초중반 정도 되었을까?

귀 밑에서 살랑거리는 곱슬머리는 제국에서 흔치 않은 은발이었고, 하얀 피부에 알맞게 큰 입, 무엇보다 눈동자가 특이하게 붉은 빛깔을 띠고 있었다.

'가벼운 말투에 저 흐리멍덩한 눈빛만 아니라면 점수를 좀 더 쳐주었을 텐데.'

입고 있는 옷은 고급이었으나 행동하는 것으로 보아 귀족은 아니었다. 어디 돈 많은 상인 집의 철없는 막내아들 정도 될 것이다. 부모 속을 어지간히 썩이는.

"오호, 곧 도착한다던 일행이 한 미모 하는가 보죠? 내 외모가 빠지는 편이라니, 갑자기 궁금해지는데요? 후우, 언제 오려나."

"이보세요. 끼어드는 것도 정도가 있지, 너무 심한 것 아닌가요?"

"센이에요."

"뭐라고요?"

"내 이름은 이보세요가 아니라 센이라고요, 센. 풀 네임은 따로 있지만 다들 편하게 그렇게 부르죠."

다짜고짜 이름을 털어놓는 사내의 태도에 엘은 어이가 없었다.

"내가 언제 당신 이름 물어봤어요?"

"지금은 이래도, 헤어지고 나면 내가 누군지 상당히 궁금할 겁니다. 다들 그랬거든요. 해서 미리 알려 드리는 겁니다."

자뻑도 지나치면 병이라고 하더니, 보웬 남작 같은 사람을 이런 곳에서 또 보게 될 줄이야.

눈 하나 깜짝 않고 뻔뻔하게 말을 잇는 남자를 보며 엘은 답이 없음을 느꼈다.

"혹 실례가 안 된다면 저도 이름을 알 수 있을까요?"

"실례라서 안 되겠네요."

"그럼 생일이라도?"

"이봐요. 대체 나를 언제 봤다고 자꾸 이런 걸 묻는 거죠? 내 생일을 알면 선물이라도 해 줄 건가요? 그래요?"

"으음, 그냥 내가 맞춰 보죠. 당신 처녀자리죠? 8월이나 9월생."

당장 썩 꺼지라고 말할 참이었던 엘은 일순 깜짝 놀라 입을 다물었다. 놀랍게도 남자가 그녀의 별자리를 정확히 짚어낸 것이다.

"……어떻게 알았죠?"

"고집스러운 성격, 약속 장소에 먼저 와서 기다리는 신중함, 빵 한 조각에 커피 한 모금, 스튜 한 숟갈을 떠먹는 규칙적인 식습관 등 전부 처녀자리 특성이라고 할 수 있죠."

"내가 먹는 걸 다 보고 있었나요?"

"관찰력이 좀 남달라서요. 당신이 처녀자리인 결정적인 이유를 한 가지 더 말해 볼까요?"

남자가 씩 웃더니 말을 이었다.

"보통 내가 말을 걸면 열이면 열 모두 호감을 보이거든요? 그런데 당신은 아닌 걸로 봐서 쌍둥이자리인 나와 상극인 처녀자리가 확실하다는 결론에 이르렀죠. 좀 따분하고 완고해 보이는 게 예상을 하고 있긴 했습니다."

뭐? 따분?

다시는 볼 일 없는 사내라지만, 남자에게(그것도 오늘 처음 본 자에게) 따분하다는 소리를 들으니 엘은 순간적으로 욱했다.

그런 건 최소한 몇 번은 만나 봐야 알 수 있는 거 아닌가?

마치 자기가 점성술사라도 되는 양 별자리에 대해 늘어놓는 폼이 웃기지도 않는다.

"위가 많이 안 좋은 편이죠?"

"……!"

"놀랄 거 없어요. 그게 처녀자리의 숙명이니까. 신경 써야 할 게 워낙 많은 사람들이라서 속병을 앓고 산다고 할까요? 인생을 유연하게 사는 쌍둥이자리인 나와는 달라도 너무 다르지요."

그러니까 결론은 곧 죽어도 쌍둥이자리가 잘났다는 소리였다.

'내가 여기서 왜 이런 얘기를 듣고 있어야 하는 거지?'

생각해 보면 그녀에겐 꼭 이곳에 있어야 할 이유가 없었다. 어차피 표식을 남겨 만나기로 한 장소이니 표식을 바꾸면 되는 것이다.

배도 적당히 채웠겠다, 남자가 비키지 않는다면 자신이 나가 주리라.

"유연한 인생을 사는 쌍둥이자리 님께서 자리를 비워 주지 않으시니, 따분하고 완고한 처녀자리인 제가 먼저 일어나지요. 덕분에 매우 즐거웠습니다."

"앗, 가려구요?"

"일어나실 것 없습니다. 곧 음식이 나올 텐데 드셔야죠. 그럼 전 이만."

엘이 고개 숙여 인사하자 면사가 출렁이며 잠시나마 그녀의 고운 입매가 드러났다가 사라졌다.

"이제 막 일행이 도착한 것 같은데 진정 가실 겁니까?"

"네?"

"당신이 그토록 기다리던 일행 말입니다. 지금 온 것 같아서요."

'그게 무슨……?'

그녀가 한 걸음 떼기 직전이었다. 휘이잉, 바람 소리와 함께 식당 문이 열리며 주인의 우렁찬 목소리가 다시금 실내에 울려 퍼졌다.

"어서 옵쇼!"

"엘!"

그리고 기뻐하는 주인 너머로, 후드를 뒤집어쓴 채 손을 흔들며 들어오는 리안의 모습이 보였다.

"당신 이름이 엘이었군요?"

'젠장.'

리안이 원망스럽기는 엘 평생 처음이었다.

*   *   *

"엘, 나 안 보고 싶었어? 황도에서 혼자 심심했지? 이젠 내가 같이 있어 줄게!"

리안보다 늦게 들어왔지만 탁자에 먼저 앉은 건 아사였다. 녀석이 엘을 발견하고는 한달음에 달려와 어리광을 피웠다.

"근데 이 빨간 눈은 누구야? 엘 친구야?"

"아니요, 이쪽은……."

"안녕하세요. 센이라고 합니다. 조금 전에 합석한 사이죠. 개인적으로 남녀 간에 친구 사이는 없다는 게 저의 평소 지론입니다."

엘의 말을 대차게 잘라내며 센이 넉살 좋게 끼어들었다. 그

에 엘이 눈을 흘겼지만 새로운 인물을 살피느라 정신이 팔린
아사에게는 미처 들어오지 못했다.

"아아, 나는 아사야. 만나서 반가워. 독특한 눈 색만큼이나
생각도 남다르네? 그럼 넌 친구가 다 남자뿐이야?"

"음, 친구가 없어서 그 물음에는 답할 수가 없겠는데요."

"헐, 친구가 한 명도 없어?"

"필요한 적이 없었거든요."

"그렇구나. 진짜 독특한 인간이다. 그치, 리안?"

리안과 같이 지내면서 많은 인간을 만났지만 친구가 없다고
말하는 자는 처음 본다. 아사가 정녕 신기하다는 듯 호들갑을
떨었다.

그 틈을 타 센이 리안에게 말을 붙였다.

"이쪽 분의 성함이 리안인가 보지요? 반갑습니다, 센이라고
합니다."

찰나지만 리안을 향한 센의 붉은색 눈동자가 선명한 빛을
발했다.

리안은 알고 있었다.

부러 아닌 척하고 있지만 자신이 식당 안으로 발을 들인 순
간부터 그가 주시하고 있었음을. 그는 눈을 뺀 모든 감각기관
을 리안을 향해 열어 두고 있었다.

그리고 그건 리안도 마찬가지였다. 일부러 티내지 않았을
뿐, 밖에서부터 이미 그의 존재를 강하게 느끼고 있었다.

라키아에 버금가는 기운을 품고 있는 의문의 사내.

"엘의 친구 리안입니다."

그의 정체가 몹시 궁금했지만 리안은 일단 두고 보기로 했다. 막 사내의 식사를 내오는 주인에게 차 두 잔을 주문하며 리안이 아사 옆에 자리를 잡고 앉았다.

"저기, 뭐 하나만 물어봐도 될까요?"

"……?"

"어째서 얼굴에서 그렇게 빛이 나는 거죠? 피부에 뭘 바른 것 같지는 않은데."

온몸을 꽁꽁 둘러싸고 후드까지 깊이 눌러썼지만 새어 나오는 빛을 다 막을 수는 없었다. 당연히 센의 입장에서는 이상하리라.

리안은 대충 둘러댔다.

"저도 영문을 알 수 없어 이리저리 알아보는 중입니다. 놀림감이 되고 싶지 않아 조심하고는 있는데 통 가려지지가 않는군요."

"아프지는 않습니까?"

"제가 그래 보이나요?"

"아니요, 멀쩡해 보여서 묻는 겁니다. 몸에서 빛은 나는데 통증은 없다! 오오, 그것 참 신기하네요. 아리따운 외모에 몽환적 금안까지! 왠지 신분이 무척 고귀하신 분 같습니다. 혹 생일이 언제인가요?"

뜬금없는 그 물음에 리안이 인상을 쓰자 잠자코 있던 엘이 더 이상 참지 못하고 소리쳤다.

"이봐요! 또 그 별자리 타령인가요? 아까도 말했지만 당신과 그런 너저분한 대화를 나누고 있을 만큼 한가하지 않다고요. 더욱이 이분은 당신 따위가 함부로 상대할 수 있는 분이 아니에요! 당장 썩 비키지 못하겠어요?"

"우와, 역시 내 짐작이 맞았군요! 나 따위는 상대할 수 없는 높은 분이라면, 혹시 자작? 백작?"

엘의 말은 깡그리 무시한 채 사내가 연신 감탄사를 내뱉었다. 흐리멍덩한 그의 눈에는 전혀 감흥이 없는 것으로 보아, 사내의 경망스러운 태도는 다분히 고의적이었다.

"별자리가 뭐야?"

리안이 뭐라고 답을 해야 하나 고민하는데, 불쑥 아사가 끼어들며 물었다.

"헉! 별자리를 몰라요?"

그러자 어떻게 그런 걸 모를 수가 있느냐며 센이 탁자를 쾅 내려쳤다.

"오, 신이시여! 별자리란 말이죠. 하늘에 떠 있는 별들을 보기 편하게 몇 개씩 이어서 그 형태에 맞게 이름을 붙여 놓은 걸 말합니다. 세상에는 수십 개의 별자리가 있는데, 그중 열두 개는 우리 인간과 아주 밀접한 관계를 맺고 있죠."

"밀접한 관계?"

"네, 생일이 언제인가요?"

"나? 3월 23일."

"그러면 양자리네요. 처음 보자마자 그럴 거라 예상은 했지만 정말 딱인데요?"

"양자리가 뭔데? 좋은 거야?"

센의 말발에 완전히 넘어간 아사의 두 눈은 특유의 호기심으로 가득했다. 이제 아사를 막을 수 있는 건 아무것도 없었다.

"별자리는 저마다 특성이 있습니다. 그중 양자리는 행운을 타고 났지요. 평소 운이 좋은 편이었나요?"

"음, 글쎄. 그건 잘 모르겠지만 리안을 만난 걸 보면 행운이 있는 거겠지?"

잠시 리안을 돌아보며 아사가 천진하게 웃었다. 센이 그런 아사에게 손을 저으며 정색하듯 말했다.

"그렇게 웃지만 마시고 잘 생각해 보세요. 모든 신들의 편애를 받는다고 할 정도로 정기적인 행운이 찾아오는 게 바로 양자리란 말입니다. 이건 엄청난 거라고요."

"그거 말고는 없어?"

"없긴요. 대담한 용기, 넘치는 자신감, 예측 불가능한 열정 등 양자리의 특징은 아주 많습니다. 때때로 열정이 변하여 무모한 충동을 불러오기도 하지만, 행운의 여신을 편으로 가진 자답게 마음만 먹는다면 언제나 풍요로운 삶을 살 수 있지요.

그렇다고 너무 자만하지는 마세요. 행운만 믿다가는 큰코다칠 수도 있으니까."

"아무튼 좋다는 거잖아. 그치?"

"네, 뭐. 저마다 특색은 다 다르지만 열두 개의 별자리 중 상위라고 할 수 있지요."

"그럼 됐어. 양자리 기억해야지. 리안, 리안도 해 봐라. 이거 재밌다. 생일이 10월 10일, 맞지?"

하인 시절 리안의 생일은 10월 3일이었지만(전대 영주께서 임의로 지어 주셨다), 본래 육체의 소유주인 주인의 생일이라면 아사의 말대로 10월 10일, 천칭자리였다.

"응, 천칭자리야."

"우아, 리안은 별자리에 대해 알고 있었구나? 역시 똑똑해! 빨간 눈아, 천칭은 어때? 나만큼 좋은 자리야?"

"천칭이라……. 혹시 마성의 인간이라고 들어 본 적 있습니까?"

아사의 질문에 답은 않고 갑자기 센이 눈을 가늘게 뜨며 긴한 얘기를 털어놓기라도 하듯 목소리를 낮췄다. 덩달아 소리를 낮추며 아사가 물었다.

"아니. 그건 또 뭔데?"

"살다 보면 도저히 거부하기 힘든 매력을 지닌 자들을 만나게 될 때가 있습니다. 바로 이분과 같은 사람을요!"

센이 리안을 향해 한 손을 뻗었다.

"그런 분을 가리켜서 우리는 마성의 인간, 또는 마성의 남자라고 부르죠. 저기 근데 진짜 남자 맞죠?"

"……?"

"옷을 그렇게 두껍게 입고 있으니깐 영 헷갈려서 말입니다. 어떻게 남자가 이렇게 예쁘게 생겼죠?"

후드를 쓰고 있어도 리안의 외모는 가려지지 않았다. 셴이 말을 안 해서 그렇지, 생각 같아선 겉옷을 벗겨내고 리안의 곱상한 미모를 마음껏 감상하고 싶은 욕심도 있었다.

"헤에, 우리 리안이 좀 예쁘긴 하지. 그래도 오해는 하지 마. 남자 맞아. 내가 보장할게."

"여동생이나 누나는 없으신지……?"

"시집갔어."

"아!"

지나칠 정도로 안타까워하는 셴의 모습에 아사가 깔깔거리며 박장대소했다. 그 때문에 무례하다며 타박을 하고 싶어도 엘은 그럴 수가 없었다(정작 리안은 아무렇지 않은 표정으로 앉아 있었다).

"어쨌든 다시 설명으로 돌아가자면, 그런 마성의 매력을 가진 자들 대부분이 천칭자리를 타고 태어난다는 겁니다! 물론 가끔 저처럼 쌍둥이자리에서 나기도 하지만요. 하하하!"

"쌍둥이자리라는 것도 있어?"

"네, 제게도 마성의 매력이 느껴지지 않습니까?"

"오늘 처음 만나서 아직은 잘 모르겠는데?"

"에이, 사람이 너무 솔직하기만 하면 인간미가 없어요. 지금 같은 분위기에선 그렇다고 해 줘야죠."

"아, 그래? 난 몰랐네. 알았어! 그렇다고 해 줄게. 천칭자리에 대해서 얼른 계속해 봐."

당사자인 리안은 관심이 없다는 걸 아는지 모르는지 센과 아사가 신 나서 떠들었다.

"천칭자리는 타고난 중재자이기도 합니다. 조화와 균형을 중시하는 그들은 싸움과 분쟁을 싫어하죠. 그것이 때로는 우유부단함으로 비쳐질 수도 있지만, 중재는 그들에게 숙명 같은 것입니다."

"앗, 그래서 리안이 만날 나랑 흰머리한테 싸우지 말라고 그러는 건가?"

"흰머리요? 설마 일행이 더 있습니까?"

"응, 좀 있다가 올 거야. 잠깐 볼일 보러 갔거든."

"으억! 그럼 자리가……."

정사각형 모양의 탁자에 딸린 의자는 딱 네 개였다. 고로 남은 일행이 도착하면 센은 어쩔 수 없이 일어나야 한다. 더 넓은 탁자로 다 같이 옮기지 않는 이상 그가 앉을 자리는 없었다.

"아흑!"

센의 얼굴이 울상으로 구겨졌다.

'나이스.'

반면 면사 속 엘의 입가에는 오랜만에 미소가 번졌다. 어떻게 이 무뢰배를 처리해야 하나 고심 중이었는데 드디어 기회가 온 것이다.

'설마 여기서 더 버티는 건 아니겠지?'

왠지 눈앞의 사내라면 그러고도 남을 성싶었으나, 상대는 다름 아닌 라키아였다. 그라면 남자의 무례함을 그냥 보고만 있지는 않으리라.

"에잇! 안 되겠습니다. 그만 일어나야지."

"응? 가려고?"

"사나이 체면이 있지, 밀려날 바에야 제 발로 나가는 걸 택하겠습니다."

말하는 본새가 기가 막혔지만 엘은 얌전히 있었다. 괜히 자극했다가 번복이라도 하면 골치 아픈 건 저쪽이 아니라 이쪽이었다.

"그래도 시킨 건 먹고 가는 게 좋지 않겠어?"

그런 엘의 마음도 모른 채 아사가 아쉬운 듯 그를 붙들었다. 의외인 건 센이었다.

"아니요, 도중에 일어나는 건 모양새가 더 빠집니다. 지금 가는 게 깔끔해요."

여태까지 버틴 게 이상할 정도로 그가 빠르게 포기하며 바닥에 내려놓았던 봇짐을 다시 등에 메었다.

'어?'

리안과 엘의 시선이 자연스럽게 그의 짐으로 쏠렸다. 이제까지는 눈여겨보지 않아 몰랐는데, 갈색 천 사이로 삐져나와 있는 물건의 정체는 분명 활이었다.

'사냥꾼인가?'

잠시 그런 생각이 들긴 했지만 곧 고개를 저었다. 차림새도 그렇지만 풍기는 분위기가 사냥꾼과는 거리가 멀어도 한참 멀었기 때문이다.

요즘과 같은 시대에 검이 아니라 활을 가지고 다니다니. 참 여러 가지로 독특한 사내였다.

"그럼 세 분 모두 즐거운 시간 보내시길!"

"잘 가, 빨간 눈!"

가볍게 고개를 끄덕이는 것으로 인사를 대신하는 리안과 달리, 아사가 식당 입구까지 걸어 나가 그를 배웅했다.

"엘 양, 너무 좋아하지 마세요! 우린 보통 인연이 아니라서 금방 다시 마주치게 될 겁니다! 그땐 단둘이서 찐한 얘기 좀 해 보자고요!"

막 문을 나서기 직전, 엘을 향해 눈을 찡긋하며 센이 외쳤다. 그가 가든 말든 상관없다는 듯 앉아 있던 엘은 리안의 앞이라는 것도 잊고 자신도 모르게 중얼거렸다.

"지랄."

"엘, 지금 욕한 거야?"

놀란 아사가 눈을 동그랗게 뜨며 물었지만 엘은 조용히 묵
비권을 행사했다.

*　　　*　　　*

센이 떠나고 주문한 차가 거의 식어 갈 무렵, 리안처럼 후드
가 달린 로브를 깊게 눌러쓴 라키아가 볼일을 마치고 식당 안
으로 들어섰다.

"트레비스 경은?"

"궁으로 돌아갔어."

힘 빠진 목소리로 대답하며 라키아가 남은 빈자리에 털썩
주저앉았다.

"트레비스 경이라면 비앙카 아가씨의 호위기사였던 자를 말
씀하시는 겁니까?

"어, 에나벨도 전에 본 적 있지? 황궁 상태가 어떤지 물어보
려고 몰래 만나고 오는 길이야. 얼마 전에 제3기사단으로 복
귀했거든."

"그래서 어떻대?"

"어떻기는, 예상대로 살벌하지."

라키아가 신경질적으로 후드를 벗었다.

"제2기사단이 꽁꽁 에워싸고 있어서 맥카시 공작 근처에는
접근도 못하는 데다가, 뭘 알아내고 싶어도 사전에 다 차단이

되는 통에 시도 자체가 불가능한 모양이야."

"그렇게 경계가 엄중한 걸 보면 그쪽도 아직 폐하의 행방을 모른다는 뜻이겠군요. 만약 찾았다면 어디서든 틈이 생겼을 겁니다. 긴장이 풀어졌을 테니까."

"그쪽도, 라는 건 우리도 아직 소식이 없다는 얘기군."

혹시나 했던 기대감이 무너지는 순간이었다. 라키아가 앞에 놓여 있던 물 잔을 사납게 낚아채어 벌컥벌컥 들이켰다.

"몇 군데 의심 가는 곳이 추려졌으니 곧 반가운 소식이 있을 겁니다. 너무 실망하지 마십시오."

"그래, 라키. 기운 내자."

초조해한다고 해서 폐하와 레지나가 당장 돌아오는 것이 아니었다. 누구보다 애가 타는 리안이지만 그는 엘을 믿고 동생을 믿었다.

어릴 때부터 똑똑했던 아이이니 필시 잘 이겨내고 있을 것이다. 리안은 하루에도 몇 번씩 스스로에게 그렇게 되뇌었다.

"그럼 라키아 님도 오셨으니 그간의 일을 보고토록 하겠습니다."

리안은 혹시나 싶어 고개를 끄덕이며 일행의 주위로 음파 차단 마법을 실행했다.

"우선 현재 황도에 소드 마스터가 라키아 님까지 포함해서 도합 다섯 명이 되었습니다. 타운젠드 공작 측이 둘, 맥카시 공작 둘, 저희 쪽이 남은 하나입니다."

"크리스가 나타나면 우리도 둘이 될 거야. 후작님이 깨어나시면 셋이 될 거고."

"네, 그렇겠죠. 헌데 여기서 문제는 타운젠드 공작이 이대로 있지는 않으리라는 겁니다."

"공작이 쉐르단 후작이라도 불러들일 거라는 소리야?"

"그가 아니면 리즈완 백작이겠죠. 공작은 오스틴 백작이 우리 손에 있다는 걸 아직 모릅니다. 하지만 해몬드 백작이 비밀리에 입국했다는 사실은 알고 있을 겁니다. 현재 정보 시장에 떠돌고 있으니까요."

"맥카시 쪽에 소드 마스터가 셋이 되었으니, 만일을 대비해서 자기도 셋을 만들어 놓겠다. 뭐, 그런 뜻인가?"

"맞습니다. 지금은 방관하고 있지만 언제 상황이 뒤바뀔지 모릅니다. 한쪽으로 균형이 치우치면 그땐 나서고 싶어도 나서지 못할 수가 있습니다."

"리즈완 백작이라는 자는 어떤 사람입니까?"

말없이 라키아와 엘의 대화를 지켜보고만 있던 리안이 불쑥 그 이름을 꺼냈다. 한 번도 본 적은 없으나 정보 길드의 마스터답게 엘은 자신이 알고 있는 바를 소상히 읊었다.

"풀 네임은 세베루즈 혼 썸머 리즈완. 올해 나이 서른일곱. 평민 출신으로 타운젠드 공작의 후원을 받아 소드 마스터가 된 자입니다. 여기 계신 라키아 님에 비할 바는 못 되겠지만, 그 또한 스물여섯에 소드 마스터가 된 검의 천재입니다. 귀족

이 아니었다는 점과 작위를 하사받고도 지방에서 조용히 지내
온 탓에 잘 알려지는 않았으나, 들리는 말로는 라키아 님을 상
대할 유일한 검사라고도 합니다."

"어떻게 생겼죠? 키는 어느 정도인지, 머리나 눈은 무슨 색
인지 그런 거요."

"아, 네. 서른일곱이라는 나이가 믿기지 않을 정도의 동안
에 키는 그다지 큰 편은 아니라고 합니다. 체구도 왜소한 편이
고. 머리는 짧은 은발에 곱슬머리이며, 눈은 특이하게 붉은
빛……이라고……."

"왜 말을 하다가 말아? 그게 전부야?"

불퉁한 라키아의 음성이 엘의 귀에는 미처 들리지 않았다.
그녀가 떨리는 손으로 면사를 걷어내며 리안을 바라봤다.

"백작님, 설마……!"

"귀신이라도 봤어? 갑자기 왜 그래?"

뒤늦게 합류한 라키아가 알 턱이 없었다. 리안은 심각한 눈
빛으로 그가 오기 전의 상황을 간략하게 설명해 주었다.

"뭐? 리즈완 백작이 여기에 있었다고?"

"응, 내 짐작이지만 그가 맞는 것 같아."

가벼워 보이나 실상은 아니었던 사내. 처음부터 어딘가 심
상치 않은 느낌이었지만, 그가 리즈완 백작일 줄은 리안이나
엘이나 상상도 못했다.

"내가 도착하기 바로 직전에 사라졌다니, 그 자식 일부러

도망친 거 아니야?"

"날 알아봤다면 라키가 주변에 있다고 생각했을 테니까 어쩌면 그럴지도."

"그자가 제게 일부러 접근한 걸까요?"

아무리 방심을 했다고는 하나, 리즈완 백작은 나름의 중요 인물이었다. 그런 자를 제대로 알아보지 못했다는 사실에 엘은 자괴감이 들었다. 마스터로서 완전한 실격이었다.

"당연한 걸 뭘 물어. 쥐새끼처럼 염탐이 하고 싶었던 거지. 하는 꼴을 보니 소문만 그럴듯한 놈일 게 뻔해."

"소문만이 아니야, 라키. 내 감이 맞는다면 오스틴 백작보다 분명 한 수 위야."

"응, 흰머리랑 느낌이 좀 비슷했어. 성격은 더 좋아 보였지만."

"야, 되다 만 고양이! 너 지금 나랑 놈을 비교하는 거냐?"

"라키, 아사 말은 그만큼 센이 강하게 느껴졌다는 뜻이야. 만만히 볼 상대가 정말 아니었거든."

발끈해 소리치는 라키아에게 리안은 아사를 대신해서 해명했다. 그러자 라키아가 얼굴을 찌푸리며 물었다.

"센은 또 뭐야?"

"우리에게 센이라고 자신을 소개했어. 세베루즈를 줄여서 그렇게 부르는 거 같아."

"쯧쯧, 이름 하고는. 하고 많은 이름 중에 센이 뭐냐, 센이.

갑자기 그놈 낯짝이 무지 궁금해진다. 필시 이름처럼 후지게 생겼을 거야."

아사에게 비교당한 것 때문인지 만나 보지도 못한 센을 향해 라키아가 호승심을 불태웠다.

잠깐의 대면이었지만 딱 봐도 둘은 상극. 모두를 위해서라도 되도록이면 그들은 마주치지 않는 것이 좋겠다고 리안은 생각했다.

"리즈완 백작이 이곳에 있는 걸 보면 엘의 추측이 맞았다는 소리네요. 이로써 비율이 삼 대 이 대 일이 되었습니다. 아시겠지만 싸움이 벌어지면 소드 마스터의 수가 정말로 중요하게 됩니다. 타운젠드 측 동향을 보다 면밀히 살펴 주세요."

"네, 백작님. 무슨 의도로 리즈완 백작이 저에게 접근한 것인지 반드시 알아내도록 하겠습니다."

"그의 소식이 전해지면 아마 귀족들이 더 불안해할 겁니다. 지금처럼 내전이 발발하기에 좋은 상황도 없으니까요."

"해몬드 백작의 입국만으로도 이미 긴장이 최고조에 오른 상태입니다. 리즈완 백작까지 황도에 있다는 게 알려지면 그간 중립을 선언했던 귀족들도 압박감을 이기지 못하고 어느 쪽이든 택하겠지요."

"그래서 말인데, 제가 돌아온 것을 알리는 게 좋을 듯합니다. 제가 국내에 없어 이 사달이 난 것을 제국민들은 몰라도 귀족들은 알고 있습니다. 저뿐 아니라 라키아까지 무사히 돌아온 것을 알면, 폐하 쪽으로 마음이 기우는 자가 분명 있을 겁니다."

"소문을 내라는 말씀입니까?"

"네, 모든 게 맥카시 공작의 음모라는 설이 이미 돌고 있습니다. 거기에 저까지 추가된다면 후에 여론을 모으기도 쉬워지겠죠."

"체노위스 백작님과 보웬 남작 등이 제게 백작님의 행방을 여러 번 물어 오셨습니다. 그분들에게는 따로 사람을 보내 사실임을 알려 드릴까 하는데, 어떠십니까?"

두 공작에게는 미치지 못하나 리안을 지지하는 귀족들의 수도 상당수 늘어났다. 리안은 그들 모두에게 자신에 대해 알리는 것을 허락했다.

"참, 헤이스버트 백작은 어떻습니까? 여전한가요?"

"안 그래도 그에 관해 막 보고를 하려던 참입니다. 어젯밤 맥카시 공작 측의 움직임으로 보아, 이번 거사가 실패로 끝날 경우 모든 책임을 헤이스버트 백작에게 씌울 생각인 것 같습니다."

"예상대로군요."

어려서부터 공작의 가장 친한 친구였던 헤이스버트 백작은 얼마 전까지만 해도 명실공히 맥카시 공작파의 이인자였다.

그러나 라키아가 살아 돌아오면서 공작의 눈 밖에 나기 시작하더니, 종국에는 실수를 만회하고자 벌인 일들이 연달아 실패하면서 측근들 사이에서 입지가 굉장히 좁아졌다.

본디 큰일이 성공하지 못할 시에는 어느 하나에게 책임을 지우는 법인데, 이번에 공작이 택한 것은 바로 오랜 친우인 헤이스버트 백작이었다.

"그를 포섭하세요. 공작을 잡으려면 그가 꼭 필요합니다."

"백작이 저희를 믿겠습니까?"

"믿게 해야지요. 공작이 모든 책임을 그에게 전가시키려 한다는 것을 알면 가만히 있지는 않을 겁니다. 자신도 살아야 할 테니까요."

조용히 모든 걸 감수할 만큼 헤이스버트 백작은 충신이 아니었다. 그를 잘 구슬리면 공작을 잡는 데에 확실한 도움이 되리라.

"일이 이 지경이 되었는데 그놈이 왜 꼭 필요하다는 거냐? 폐하만 돌아오시면 그냥 끝나는 일 아냐?"

5년 전 맥카시 공작의 명으로 로드리게즈 백작가를 멸문시키는 데에 앞장선 자가 헤이스버트 백작이었다.

그를 끌어들이는 것이 라키아로선 당연히 마음에 들지 않을 것이다.

"라키, 맥카시 공작은 바보가 아니야. 이미 모든 걸 헤이스버트 백작이 꾸민 것처럼 처리해 놨을 거라고. 5년 전 그때처럼 말이야. 그리고 입단속을 하기 위해 백작은 몰래 죽이든가 하겠지."

"이미 증거는 충분해. 그놈 아들이 우리 손에 있는데 뭐가 문제야?"

"백작의 사주로 모레츠가 멋대로 움직인 거라고 둘러대면 그땐 어쩔 건데? 아들의 죄를 그에게 대신 묻기라도 하자는 거야? 그리고 오해하지 마. 우리를 도왔다고 해서 헤이스버트 백작을 봐줄 생각은 없어. 그냥 이용하자는 거야. 그래야 맥카시 공작을 확실하게 무너뜨릴 수 있으니까."

제국의 두 기둥 중 하나를 뽑아 버리는 일이었다. 신중에 신중을 기해야 함은 물론, 다시는 회생할 수 없도록 뿌리 전체를 제거해야만 했다.

라키아의 기분을 상하게 하는 건 리안도 싫지만 이번은 어쩔 수가 없었다.

"엘, 이거 받으세요."

리안이 품에서 편지 한 통을 꺼내 엘에게 건넸다. 무심코 서찰을 받아 들던 엘은 수신인의 이름을 보고 깜짝 놀랐다.

"정말 맥카시 공작에게 보내시는 것입니까?"

"네, 제가 직접 주고 싶지만 지금은 가야 할 곳이 있어 그럴 수가 없네요."

"가야 할 곳이라니요? 어딜 가십니까?"

황제와 레지나를 찾기 전까지는 함께 있을 거라 생각하던 엘이었다. 그녀가 걱정스러운 말투로 묻자 리안이 싱긋 웃으며 말했다.

"싸움에서의 기본은 적의 심장부를 노리는 겁니다."

"심장부라면……?"

"네, 우린 맥카시 공작령으로 갑니다."

제3화

조력자

서류 더미로 가득한 방이었다. 한 남자가 책상에 앉아 시가를 태우며 흰 종이를 뚫어지게 내려다보았다.

똑똑.

그때 문이 열리고 세 남자가 안으로 걸어 들어왔다. 아니, 온전한 걸음으로 걷는 이는 둘뿐이었다. 두 사내에게 양팔이 붙들린 채 질질 끌려온 사내. 그간의 모진 고문 때문인지 남자의 상태는 말이 아니었다.

찢어진 옷 사이로 보이는 채찍질의 흔적하며, 손목과 발목은 쇠사슬에 긁힌 상처투성이였고, 양 허벅지에는 불로 지진 듯한 자국까지 선명하게 도드라져 있었다.

"독한 놈!"

사내를 소파에 던지다시피 내려놓으며 고셋이 상사에게로 가 보고했다.

"죽으면 죽었지, 절대 입을 열 녀석이 아닙니다. 괜히 미리 힘 빼지 마시고, 나중에 칼리스타 백작을 직접 족치시는 게 나을 듯합니다."

"그래?"

입에서 한가득 연기를 뿜어내며 설리번이 눈길을 돌렸다.

'너도 건진 게 없느냐?'

말은 없지만 그의 눈빛은 그렇게 묻고 있었다. 그에 송구하다는 듯 린던이 시선을 내리깔았다.

예상은 했다만 원치 않은 결과에 설리번의 이마가 작게 찌푸려졌다.

치이익—

그가 물이 담긴 재떨이에 시가를 눌러 끄며 자리에서 일어났다. 그리고 소파로 걸어가 다리를 꼬고 앉았다. 그게 신호라도 되는 양 고셋이 쪼르르 달려가 남자의 머리를 들어 올렸다.

줄곧 숙이고 있던 탓에 몰랐을 뿐, 사내의 얼굴도 처참하기는 마찬가지였다. 한쪽 눈두덩이 심하게 부어올라 좌우가 비대칭이었고, 갈라진 피부와 입술에서는 피고름이 묻어 나와 악취를 풍겼다.

누구라도 사내를 보면 동정심이 들 만한 상황. 하나 오히려 설리번의 입가에는 미소가 돌았다.

"칼리스타 뱅크 바우시 지점장, 클로드. 역시 충성심이 아주 대단해. 하긴 그래야지. 천한 신분의 하인을 일반 직원도 아니고 지점장으로 만들어 줬는데 단박에 배신하면 쓰나. 좋아, 아주 마음에 쏙 들어."

웬만해서는 남을 칭찬하는 법이 없는 상사였다. 설리번의 이상 발언에 고셋과 린턴이 의아해하는데, 더 놀라운 건 그다음이었다.

"그래서 말인데, 내 밑으로 들어오는 게 어떤가? 설리번 뱅크로 온다면 내가 치프 자리를 약속하지. 위로는 나 하나뿐이니 자네에게는 그야말로 고속 승진인 셈이네."

"마, 마스터!"

고셋이 기겁하며 설리번을 향해 목청을 높였다. 그도 그럴 것이 현재 설리번 뱅크의 치프 자리는 고셋 그의 것이었기 때문이다.

마스터가 하나이듯 치프도 둘이 될 수 없었다. 상사의 말이 진심이고 클로드가 제의를 받아들인다면 그는 졸지에 백수 신세가 되는 것이었다.

'제길.'

고셋의 심정에 비할 바는 못 되겠지만 린턴의 표정도 좋지만은 않았다. 딴에는 이번 일만 끝나면 자신이 치프 자리에 오를 거라 내심 기대를 하고 있었던 탓이다.

그러한 것을 저런 애송이에게, 심지어 하인 짓을 하던 놈에게 뺏기게 생겼다니 린던은 기가 막혔다. 불만에 찬 그의 시선이 클로드에게로 쏘아졌다.

피식.

이제까지 죽은 듯 미동조차 않던 클로드의 얼굴에 미묘한 변화가 인 것은 그때였다. 그가 가소롭다는 듯 입꼬리를 말며 천천히 눈을 떴다.

"호오!"

설리번의 눈가가 또 한 번 이채로 번뜩였다. 그간 고신을 당했던 사람이라고는 믿어지지 않을 정도로 맑은 눈빛이었기 때문이다. 육체는 만신창이가 되었으나 정신력은 아직 살아 있었다. 그 사실이 설리번으로 하여금 클로드에 대한 욕심을 불태웠다.

"내 제안을 받아들인다면 지금 당장 풀어 주도록 하지. 상처가 빨리 나을 수 있도록 치료사도 불러 주겠네. 허니, 이제 말해 보게. 칼리스타 백작의 초창기 자본 줄이 무엇인가? 자네는 알고 있지?"

"……안다면?"

갈라진 목소리로 클로드가 되묻자 설리번이 다리를 풀며 바투 다가섰다.

"설리번 뱅크의 치프 자리에다가 보너스로 자네가 원하는 만큼의 액수를 수표나 보석으로 지불하겠네. 지금 즉시 자네의 눈앞에 대령해 주지."

"보너스라. 후후, 내가 돈을 좋아하는 건 어찌 아시고."

"자네에 대해서라면 이미 옛적에 조사를 마쳤지. 짠돌이 클로드로 유명하더군. 아무려면 내가 조사도 없이 자네를 스카우트하겠는가?"

"허면 얼마를 부를지도 알고 있겠군."

"똑똑한 자네이니 알아서 합리적인 선에서 가격을 책정하겠지. 세상의 모든 돈을 다 긁어 달라는 그런 허튼소리만 아니라면 얼마든지 가능하네."

자신감에 찬 말투가 어쩐지 수상했다. 초창기 자본이라는 것이 얼마나 대단한 정보이기에 돈까지 쥐여 준단 말인가?

상대는 자신에게 들어온 돈은 절대로 다시 내보내는 법이 없다던 독종 설리번이었다. 그가 이토록 쉽게 돈을 줄 리가 없었다.

의혹에 찬 클로드의 시선에 화답이라도 하듯 설리번이 빙그레 웃었다.

"며칠 시달렸다고 그새 잊은 모양이군. 여긴 뱅크일세. 이 도시에서 돈이 가장 많은 곳 중 하나지."

"……!"

"금고에 가 보고 놀랐지 뭔가. 칼리스타 뱅크가 요즘 아무리 잘나간다고는 하지만, 이 정도의 자금을 본점도 아닌 지점에 갖고 있을 줄은 몰랐거든. 덕분에 나만 좀 횡재했지."

그러니까 말인즉슨 클로드에게 리안을 배신하는 대가로 설리번 그의 돈이 아니라, 칼리스타 뱅크의 금고에서 나온 돈을 주겠다는 것이었다.

횡재라는 단어를 사용한 건 필시 혼자 독식을 하겠다는 뜻이리라.

'결국…….'

상대의 농락에 화를 낼 새도 없이 금고가 열렸다는 사실에 클로드는 신음했다.

본래 뱅크의 금고는 지점마다 잠금 마법이 걸려 있었다. 해서 리안이 아니라면 누구도 금고를 열 수가 없었다.

그러한 것을 설리번이 며칠 만에 풀어낸 것은 리안이 묘인국으로 떠나기 전 마법을 해제했기 때문이다. 언제 돌아올지 기한을 정할 수 없어 만일을 대비해 일시적으로 내려진 조치였던 것이다.

"마법사가 필요할까 봐 내심 걱정을 했었는데 다행스럽게도 아니더군.. 덕분에 일이 수월해졌지. 오랜만에 아주 큰 부수입을 얻게 되었어."

공작에게 보고는 올리겠지만 금액은 얼마든지 조정이 가능했다. 이미 발 빠른 그의 수하들이 눈을 피해 조금씩 빼돌리고 있었다. 그동안의 손실액을 채우고도 남을 액수인지라 기실 설리번은 기분이 매우 좋은 상태였다.

"자, 말해 보게. 얼마를 원하나?"

"나에 대한 조사를 반만 했나 보군."

"……?"

"내가 짠돌이에 돈을 좋아하는 건 맞지만, 열심히 일해서 번 돈이 아니면 억만금을 준다 해도 사양하는 사람이거든. 세상 공짜로 살려고 하면 안 되지. 그러다간 가진 걸 모두 날릴 수 있다는 걸 왜 몰라? 그리고 말이 나와서 말인데, 내가 가장 경멸하는 부류가 바로 당신처럼 뒤에서 호박씨 까는 것들이야. 그런 당신 밑에 들어가 일을 하라고? 하핫, 요 며칠 들은 말 중에서 제일 웃긴 말이군."

기운이 없어 귀를 기울이지 않으면 잘 들리지 않을 만큼 목소리가 작았지만 설리번의 청력은 충분히 멀쩡했다. 내내 미소가 감돌던 그의 얼굴이 처음으로 차갑게 식었다.

"이해는 가네. 하루 사이에 마음을 바꿔 먹는 것이 쉽지는 않지. 해서 마지막으로 한 번 더 기회를 주겠네. 다음은 없으니까 신중에 신중을 기해 결정해야 할 거야. 만약 또다시 거절을 한다면 이번엔 진짜로 이승과 작별을 고해야 할 것이네."

다른 이였다면 가차 없이 제거하란 명을 내렸겠지만, 클로드는 설리번이 버리기엔 너무 아까운 패였다.

복권과 수표에 대한 아이디어를 그가 내었다는 것을 알고 얼마나 반가웠던가.

그런 그를 쉽게 치워 버리기에는 그 때문에 설리번 뱅크가 입은 피해가 너무 컸다.

"이승과의 작별이라. 훗, 아쉽긴 하네."

클로드가 정색하며 말을 이었다.

"나도 마지막이니 잘 들어라. 장가는커녕 연애 한 번 못 해 보고 죽는 게 억울하긴 하나, 내가 네놈 밑으로 들어가는 일은 없을 거다. 그러니 꿈 깨셔! 영주님을 배신하는 일 따위는 절대 하지 않아!"

"팔다리가 잘려도 그런 소리가 나올까?"

아까운 인재를 놓치는 만큼 곱게 보내 줄 생각 또한 없었다. 손가락과 발가락을 하나씩 잘라내다 보면 마음이란 변하기 마련이다.

클로드에게 눈을 고정한 채 설리번이 턱짓했다.

"시작해."

"네, 마스터!"

치프 자리가 녀석에게 넘어가면 어쩌나 전전긍긍하던 고셋이 후닥닥 문을 열고 밖으로 튀어 나갔다. 잠시 후 돌아온 그의 손에는 날이 잘 선 칼 하나가 들려 있었다.

설리번의 손아귀로 넘어가는 칼을 바라보며 클로드는 꿀꺽 침을 삼켰다. 며칠 동안의 지독한 고문 속에서도 그가 두려움을 떨칠 수 있었던 건 상대가 자신을 죽이지 않으리라는 걸 알기 때문이었다.

하지만 지금은 아니었다. 저 칼에 오늘 자신이 죽을 거란 사실을 클로드는 직감했다.

"이럴 줄 알았으면 미친 척 고백이라도 해 보는 건데!"

일부터 들으라는 듯 큰 목소리로 외쳤다. 공포가 완전히 가시지는 않았지만, 한순간이나마 다른 생각을 할 수 있어 좋았다.

그때였다.

클로드의 귀에 믿을 수 없는 음성이 들린 것은.

"고백이라니? 클로드, 누구 좋아하는 사람 있었어?"

혹사당한 몸이 말을 듣지 않아 클로드는 뒤를 돌아볼 수가 없었다. 하나 마주 앉은 설리번의 표정으로 보건대 그의 귀가 잘못된 것 같지는 않았다.

마치 귀신이라도 본 듯한 창백한 얼굴로 설리번이 챙그랑 칼을 바닥에 떨어뜨렸다.

"괜찮아?"

또각또각 걸어와 다정하게 묻는 이. 클로드의 맑은 갈색 눈동자에 뒤늦은 물기가 차올랐다.

"영주님."

"응, 나야. 늦어서 미안."

클로드의 몸을 살펴 내려가는 리안의 금안이 분노로 물들었다. 그가 친구의 어깨에 한 손을 얹고 조용히 뇌까렸다.

"큐어!"

곧 금빛 마나가 실내를 환하게 채웠다.

설리번은 제정신이 아니었다. 이건 있을 수 없는 일이다. 어떻게 그가 이곳에 나타날 수 있단 말인가? 작금의 현실이 그는 도저히 믿기지가 않았다.

"머리가 많이 자라셨습니다."

그런 설리번을 조롱이라도 하듯 리안의 마나가 사라지고 난 후 클로드의 모습은 완전히 달라져 있었다.

입고 있는 옷은 여전히 찢어진 상태 그대로였지만, 찢긴 옷 사이로 보이는 피부에는 흠집 하나 없었다. 얼굴 역시 본래의 총명했던 용모를 되찾았고, 기운 없던 목소리도 예전처럼 생기가 넘쳤다.

"자를 시간이 없었어. 이상한가?"

길어진 머리가 거추장스러워서 오늘 처음으로 하나로 묶어 보았다. 리안이 꽁지를 만지며 어색하게 묻자 클로드가 고개를 저었다.

"아니요, 전혀 이상하지 않습니다. 잘 어울리세요."

"어울린다니 다행이네. 사실 생각보다 편해서 자르지 말까 고민 중이었거든."

"여기엔 혼자 오신 겁니까?"

설사 그렇다 한들 클로드는 두렵지 않았다. 리안이 아무런 방비도 없이 움직이는 성격이 아님을 알기 때문이다. 그간 모셔 왔던 그의 주인은 징그러울 만치 준비가 완벽했다.

"글쎄. 그렇다고 해야 할까, 아니라고 해야 할까?"

아리송한 답변을 내뱉으며 리안이 설리번을 향해 돌아섰다. 그 뜻 없는 행위에 설리번은 물론이고, 고셋과 린던이 움찔거리며 뒤로 물러났다.

리안이 들어선 순간부터 그들은 꿀 먹은 벙어리라도 된 양 아무 말이 없었다. 그저 쥐 죽은 듯 한곳에 뭉쳐 리안을 주시할 뿐이었다.

리안은 방 안을 빙 둘러보았다. 무언가를 찾는 듯한 그 움직임에 다들 숨을 멈추고 그 시선을 좇았다.

"……!"

마침내 목표물을 발견한 리안이 움직였다. 그가 창가로 걸어가 바닥에 떨어진 무언가를 집어 들었다. 그리곤 설리번의 시가가 차지하고 있는 책상으로 다가가 그것을 맨 앞쪽에 내려놓았다.

"이제 되었군."

리안이 만족스러운 표정으로 내려다보는 것은 명패였다. 대리석으로 맞춤 제작한 그것에는 또렷한 글씨체로 '지점장 클로드'라고 새겨져 있었다.

"찾고 싶은 건 찾았습니까?"

명패가 제자리에 놓였으니 다음은 설리번 차례였다. 방 안 가득 널려 있는 서류들을 지나쳐 리안이 그의 앞에 가 섰다.

"어, 어떻게 된 거지?"

갑작스러운 사태에 당혹하여 주춤했던 그가 용기를 내 리안을 마주 보았다.

"무엇이 말입니까?"

"네놈이 어찌 이곳에 있느냐는 말이다. 난 아무 소식도 듣지 못하였는데!"

"뭔가 착각하신 것 같은데, 여긴 설리번 뱅크가 아니라 칼리스타 뱅크입니다. 저야말로 묻고 싶군요. 당신이 이곳에 있는 이유를."

어조는 담담할지 모르나 리안의 두 눈에는 북풍이 몰아치고 있었다. 주변의 따스했던 공기가 갑자기 싸해지며 설리번을 옥죄었다.

"설마 대출이라도 받으러 오신 겁니까?"

"나를 감히 어찌 보고……!"

"그렇게 노여워하지 마십시오. 신원은 확실하니 담보만 괜찮다면 얼마든지 빌려 드릴 용의가 있습니다."

대놓고 조롱을 받음에도 설리번은 마땅히 할 말을 찾지 못했다. 무슨 조화인지 리안의 황금색 눈동자가 몸에 닿을 때마다 피부가 타들어 가는 느낌이었다.

"우리를 얌전히 보내 주시는 게 좋을 겁니다. 그렇지 않으면 백작님의 수하들이 무사하지 못할 테니까요."

뜻밖에도 그런 설리번을 대신해서 나선 것은 린던이었다.

비록 음색은 떨리고 있지만, 그가 한 걸음 앞으로 나서며 리안에게 당당히 요구했다.

클로드의 얼굴에 불안감이 스쳤다. 그는 고문을 통해 알고 있었다. 공작령에 거주하는 모든 영지민들이 그들 손에 어딘가로 끌려갔음을.

짧게는 2년, 길게는 5년을 넘게 가족처럼 지낸 이들이었다. 바라건대 그들 모두가 무사하기를 클로드는 온 마음으로 기도했다.

"그건 지금 내게 협박을 하는 건가요?"

"협박이 아닙니다. 저는 단지 칼리스타 백작님께 거래를 제안하는 것입니다."

"거래?"

재미있다는 듯 리안이 히죽 웃었다.

"잘 모르시는 모양인데, 자고로 거래라는 건 양측이 서로 주고받을 게 있을 때에만 성사되는 것이 거래입니다."

"……?"

"어째서 내 영지민이 아직도 당신들의 손에 있을 거라고 생각하는지 모르겠군요. 묘인국에 나 혼자 간 게 아니듯, 이곳에도 혼자 온 게 아니랍니다."

"영주님, 그럼……!"

"응. 걱정하지 마, 클로드. 다들 안전하니까."

그럼 그렇지. 우리 영주님이 어떤 분이신데!

순간 클로드는 너무 기뻐서 환호성이라도 지를 뻔했다.

"모두 어디에 있습니까?"

지금 당장 만나고 싶었다. 자신을 걱정했을 그들에게 한시라도 빨리 멀쩡한 모습을 보여 주고 싶었다.

"밥 먹으러 갔을 거야."

"밥이요?"

"그간 제대로 먹지 못했으니 얼마나 배가 고프겠어. 클로드는 괜찮아?"

"아, 그러고 보니 저도……."

타이밍 한번 기가 막혔다. 리안의 말이 끝나기가 무섭게 클로드의 뱃속에서 꼬르륵 소리가 났다.

"우리도 가자. 다들 기다리고 있을 거야. 깜짝 놀랄 준비 하라고."

뒤의 말은 클로드가 아니라 설리번에게 하는 말이었다. 그를 위한 깜짝 선물을 그곳에서 보여 줄 참이었다.

*   *   *

지점장실을 나와 뱅크를 나서며 설리번은 어안이 벙벙했다. 마법을 한 번도 경험해 보지 못한 그이기에 마법의 위대함 또한 모르며 살아왔다.

하지만 뱅크를 포위하고 있던 기사와 병사들이 모두 정신을 잃고 쓰러져 있는 것을 본 순간, 마법이 절대 우스운 것이 아님을 깨달았다.

아무런 기척도 소리도 없이 혼자 힘으로 모든 걸 처리한 리안의 신위에 설리번과 그의 수하들은 슬슬 앞날을 걱정하기 시작했다.

조금 전까지만 해도 세상을 다 가졌다 여겼는데, 이제는 불상한 예감만이 그들의 머릿속을 어지럽혔다.

"마스터, 방향이 이상합니다."

달마저 구름에 가려진 어두컴컴한 밤이라서 리안을 따라가기만도 벅찼다. 고셋의 말에 설리번이 신경질적으로 고개를 돌렸다.

"이상하다니? 뭐가?"

겉보기에는 아무런 제약이 없어 보이나 그들은 모두 보이지 않는 끈에 의해 몸이 꽁꽁 묶인 상태였다. 제대로 움직이는 것은 두 다리뿐, 리안과의 거리가 일정 이상 벌어지면 찌릿한 충격이 그들의 몸을 휘감았다.

"주위를 보십시오. 이곳은 공작 전하의 성과 이어지는 길입니다!"

황도에서만 지내 온 린던은 모르겠지만, 고셋은 설리번을 따라 몇 번 방문한 적이 있었다. 분명 이곳으로 가면 나오는 것은 맥카시 공작의 성이었다.

설리번의 매서운 눈길이 주변을 빠르게 훑었다. 매번 마차를 타고 이동했기에 확신할 순 없지만 그 역시 낯이 익었다.

'설마?'

설리번의 흔들리는 시선이 리안의 뒤통수로 모아졌다. 리안은 마치 산책이라도 나온 사람처럼 클로드와 이야기를 나누며 여유롭게 걷고 있었다.

그 여유로움이 설리번에게 두려움을 불러일으켰다. 이 길의 끝에 있는 것이 정녕 그곳이 맞는다면, 그때야말로 그들의 목숨을 걱정해야 할 때인 것이다.

'아니, 아닐 거야. 그럴 리 없어.'

설리번은 고개를 가로저으며 부정했다.

그곳이 어떤 곳인가?

다른 누구도 아닌 제국의 두 기둥 중 하나이자, 황제의 백부인 맥카시 공작이 사는 곳이었다.

맡은바 직무 탓에 본성보다 황도에서 머무는 시간이 훨씬 긴 공작이지만, 이곳은 그가 나고 자란 고향이며 그의 삶 전체가 깃든 곳이었다.

그런 곳이 그토록 쉽게 무너질 리 없었다.

수백 수천의 사병들이 지키는 곳이 아니던가?

필시 이번에도 칼리스타 백작 홀로 쳐들어가려는 것이 틀림없다.

'암, 그럴 거야.'

하지만 생각과 달리 초조하고 불안한 마음은 쉽게 가시질 않았다. 아직 라키아의 행방을 모르는 탓도 있지만, 그보다는 공작의 핵심 세력이 이곳이 아닌 황도에 집결되어 있음을 아는 탓이다.

사병이 아무리 많은들 무엇하겠는가. 대마법사인 리안과 소드 마스터인 라키아가 합공을 한다면 그들로서는 당해낼 재간이 없었다.

"저, 저길 보십시오!"

사레들린 듯한 고셋의 음성에 설리번은 퍼뜩 정신을 차리고 전방을 응시했다.

"……!"

예상했던 대로 성이 보였다. 한밤중임에도 불구하고 환하게 밝혀진 맥카시 공작의 성이 위용을 뽐내며 그들 앞에 나타났다.

"영주님, 저긴……?"

의외의 장소에 놀라기는 클로드도 매한가지였다. 밥을 먹자기에 그는 시내의 식당을 상상했었다.

설마 아직까지 이곳에 친구들이 잡혀 있는 것일까? 아까 무사하다고 하신 말씀의 뜻은 무엇이지?

혼란스러워하는 클로드에게 리안은 어깨를 으쓱이며 설명했다.

"많은 인원을 수용할 수 있는 곳을 찾다 보니 여기가 적격이더라고. 식당이 가장 넓던데?"

'에?'

잡혀간 영지민의 수라고 해 봤자 모두 합쳐 오십 명 정도였다. 그들이 머물기에 공작의 성은 넓어도 너무 넓다.

"가 보면 알아."

아리송한 답변에 고개를 갸웃하던 클로드는 성에 당도한 순간 그 의미를 알아차렸다.

"마스터! 저, 저들은 묘인족이 아닙니까?"

그랬다. 시퍼런 안광을 번뜩이며 그들을 맞은 것은 인간이 아니라 묘인족이었던 것이다.

피부가 검고 머리에는 터번을 쓴 묘인족 전사들이 성의 초입부터 하나둘 모습을 드러냈다. 그 수는 성문을 지나 안으로 들어갈수록 점점 더 많아졌다.

리안의 얼굴에 당황의 기색이 전혀 없는 것으로 보아 이미 알고 있었던 게 분명했다. 그 말인즉슨 묘인족의 힘을 빌려 맥카시 공작의 성을 리안이 접수했다는 뜻이리라.

설리번의 설마가 현실이 되는 순간이었다.

"어떻게 이런……."

설리번은 차마 말을 잇지 못했다. 도저히 사실을 받아들일 수가 없었다.

묘인족이 인간을 돕는다니?

이건 정말이지 말도 안 됐다. 이런 유례는 역사상 어디에도 존재하지 않는다.

도대체 칼리스타 백작의 매력이 무엇이기에 묘인족까지 그자의 편에 선단 말인가!

설리번의 두 눈이 질투와 분노로 이글이글 불타올랐다.

"이제 오냐?"

"응, 걸어온다고 좀 늦었어."

막 씻고 나왔는지 젖은 머리칼을 흔들며 라키아가 리안을 맞았다.

"여어, 클로드. 오랜만이야?"

"그간 안녕하셨습니까?"

클로드가 허리를 굽히며 라키아에게 예를 갖췄다.

"나야 보다시피. 너도 멀쩡한 거지?"

"영주님 덕분입니다."

"안 그래도 다들 왜 안 오냐고 난리법석이야. 어서 들어가봐."

돌아보는 클로드에게 리안은 고개를 끄덕여 허락했다. 잠시 감사의 눈빛을 보내더니 클로드가 뛰기 시작했다.

"들어가서 오른쪽이다!"

답지 않게 라키아가 크게 소리치며 친절을 베풀었다. 얼마 지나지 않아 안에서 함성이 터져 나왔고, 곧 시끌벅적 요란해졌다.

"리안!"

그리고 그때 아사의 목소리가 들려왔다. 리안이 고개를 들어 바라보니 이층 창문에서 아사가 몸을 반이나 내민 채 아래를 내려다보고 있었다.

"왜 이렇게 늦었어! 나 배고파 죽는 줄 알았잖아!"

리안이 오면 같이 먹겠다고 주린 배를 참고 있던 아사였다. 투덜대는 말투와는 달리 반가운 얼굴로 녀석이 폴짝 밑으로 뛰어내렸다.

인간의 모습을 하고 있지만 착지하는 자세가 꼭 고양이 같아 리안은 절로 웃음이 지어졌다. 반면 라키아의 얼굴은 붉으락푸르락 변해 갔다.

"야, 되다 만 고양이! 너 제대로 된 길 놔두고 자꾸 사람 정신없게 할래? 아무리 머리가 나빠도 그렇지, 조금 전에 한 말을 그새 까먹냐?"

"흰머리 너야말로 바보냐? 뚫려만 있으면 나한테는 길이라고 아까 아까 다 말했거든? 그리고 내가 어디로 다니든 흰머리 네가 무슨 상관인데? 네가 내 형이라도 돼? 왜 자꾸 참견이야!"

"헐! 되다 만 고양이가 소름 끼치는 소리를 다 하네. 형이라니! 내가 미쳤냐, 네 형을 하게? 내가 네 녀석 다음으로 싫은 게 바로 네 형이거든!"

"라키!"

알콩달콩(?)한 둘의 모습을 좀 더 감상하고 싶었으나 리안은 끼어들지 않을 수 없었다. 한쪽 끝에서 아신이 걸어오고 있었기 때문이다. 그의 옆에는 언제나처럼 사드도 함께였다.

"형!"

라키아에게 혀를 쏙 내밀고는 아사가 형에게로 달려갔다. 잠시 이마에 주름이 잡혔지만, 다행히 라키아는 더는 대응하지 않았다.

리안은 안도하며 다가오는 아신에게 정중히 인사했다.

솔직한 말로 리안과 라키아라면 그의 도움 없이도 충분히 성을 공략할 수 있었다. 하지만 그가 있기에 안심하고 성을 떠날 수 있었다.

이 모든 게 아사를 살려 준 것에 대한 보답이라고 그는 말하지만, 결코 쉬운 결정이 아니었음을 리안은 알고 있었다.

아신.

그는 이제 리안에게 친구 그 이상의 존재였다.

"리안, 나 배고파! 얼른 들어가서 밥 먹자!"

형에게 기댄 채 아사가 칭얼거렸다.

"저것들 얼른 처리해. 나도 아직 안 먹었어."

오랜만에 의견 일치를 보이는 친구들을 위해서 리안은 서둘러 시동어를 외쳤다.

"개방."

매일 하루 한 번씩 열리는 리안의 아공간 마법이 예외적으로 두 번째 열리고 있었다. 라키아와 아사 간에 오가는 유치한 대화를 어이없이 바라보던 설리번이 그 이상한 풍경에 입술을 깨물었다.

무엇인지 몰라도 불길했다. 자신들을 처리하라는 말이 떨어짐과 동시에 생겨나는 것이질 않은가. 작은 점으로 시작한 그것이 점점 범위를 넓혀 가는 광경을 설리번은 숨을 죽이고 지켜봤다.

"칼리스타 이 개자식아! 이거 당장 안 열어? 여기서 나가면 내가 널 가만히 둘 줄 알아? 갈기갈기 찢어서 짐승의 먹잇감으로 던져 버릴 테다!"

마치 바다를 잘라 와서 세로로 세운 것 같다고 설리번이 생각할 때였다. 갑자기 거친 욕설과 함께 안으로부터 사람의 손발이 보였다.

일렁이는 표면이 완전히 투명하지가 않아 처음에는 알아보지 못했으나, 이내 목소리의 주인공이 누구인지 다들 깨달았다.

"고, 공자님!"

"모, 모레츠 공자님께서 어찌하여……!"

맥카시 공작의 장남이 칼리스타 백작의 손에 잡혔다.

"헙!"

그 사실을 자각한 순간 설리번의 몸이 덜덜 떨렸다. 평소에도 겁이 많던 고셋은 기절하기 직전이었고, 린던도 거의 패닉 상태였다.

"보시다시피 저곳은 감옥입니다. 먼저 들어간 자들이 있으니 그리 외롭지는 않을 겁니다."

리안은 바람을 일으켜 그들을 안쪽으로 밀었다.

"사, 살려 주게! 살려만 준다면 시키는 것은 뭐든 다 하겠네!"

두 다리로 있는 힘껏 땅을 밟아 보지만 설리번의 왜소한 체구로 리안의 마법을 이기기란 역부족이었다. 그는 감옥에 들어간다고 당장 죽는 것도 아닌데 실성한 사람처럼 고래고래 악을 썼다.

"이보게, 칼리스타 백작! 날 좀 봐주게! 내가 알고 있는 모든 걸 자백하겠네! 나, 난 저딴 곳에 들어갈 수 없어! 제발!"

그의 사나운 고갯짓에 단정했던 머리가 순식간에 산발이 되었다. 제법 애처로운 장면이었으나 리안의 결정은 달라지지 않았다.

바닥에 버둥거리는 여섯 줄의 선이 그어졌다.

"조, 좋아! 먼저 하나 말해 주지. 우리가 체노위스 가문의 맥파랜드에 욕심을 냈던 걸 알고 있을 거네! 이유가 무엇인지 궁금하지 않은가?"

"설리번! 그 입 닥치지 못해?"

잠시 멈추었던 모레츠의 욕설이 다시금 튀어나왔다. 그러나 겁에 질린 설리번에겐 아무것도 들리지 않았다.

"그건 맥파랜드에 어마어마한 광산이 묻혀 있기 때문이네! 이건 자네도 몰랐을 거야. 그치?"

"저, 저런 병신 같은!"

아무리 일이 틀어졌어도 이럴 수는 없었다. 아버지의 최측근 수하라는 자가 어찌 저렇듯 함부로 기밀을 누설한단 말인가! 리안에게 향했던 모레츠의 모든 증오가 설리번에게로 쏘아졌다.

"너 이 개새끼!"

광분한 모레츠의 음성을 끝으로 키에르지엔이 닫혔다.

*   *   *

"식사는 입에 맞으십니까?"

"응, 맛있어. 여기 요리사도 제법 하는데?"

리안이 물은 건 아신인데 답을 한 건 아사였다. 꽤 마음에 들었는지 녀석이 신이 난 얼굴로 열심히 음식물을 씹었다.

그런 동생의 머리를 다정하게 쓸어 주며 아신이 말했다.

"인간의 음식도 생각보다 먹을 만하군."

아신 딴에는 맛있다는 의미의 표현이었다. 하나 그가 하는 것이라면 뭐든 마음에 들지 않는 라키아에겐 결코 그 말이 곱게 들리지 않았다.

"아무렴. 묘인국의 음식보다 백배는 낫지."

모두 들으라는 듯 라키아가 큰 목소리로 중얼거렸다. 그 와중에도 그의 입속으로는 엄청난 양의 고기가 사라지고 있었는데, 다른 때보다 속도가 훨씬 빠른 것으로 보아 정말로 배가 많이 고팠던 모양이었다.

"그건 흰머리 네 입이 저급이라서 그런 거거든? 감히 비교할 걸 비교해야지!"

식사할 땐 옆에서 누가 죽어도 모를 정도로 엄청난 집중력을 발휘하는 게 라문이었다. 자신의 나라가 모욕을 당했다고 여겼는지 그가 탁자를 내리치며 일갈했다.

"꼴에 강한 척은. 넌 싸움도 못하는 게 여긴 왜 온 거냐?"

자신들을 돕겠다고 묘인족이 와 준 건 라키아로서도 고마운 일이었다. 아직 아신에 대한 앙금이 남아 있긴 하지만, 지금은 상황도 좋지 않았고 도움을 마다할 정도로 그는 바보가 아니었다.

하지만 전사도 아닌 라문이 따라온 것은 정말이지 이해 불가였다. 방해가 되었으면 되었지, 절대 도움이 될 타입이 아니기 때문이다.

개뿔 능력도 없으면서 부모 잘 만나 떵떵거리며 사는 인종들의 대표 케이스가 바로 라문이었다.

"무식하게 싸움만 잘한다고 전쟁에서 이기는 줄 아는가 보지?"

"싸움도 잘하면서 유식한 사람을 아직 못 봤군."

"하핫, 그거 지금 흰머리 네 얘기냐?"

"오, 알아들었어?"

"당연하지. 내가 이래 봬도 우리 묘인족의 군사거든."

"풉, 네가 뭐라고?"

의기양양 턱을 치켜드는 라문을 라키아가 어처구니없다는 듯 바라봤다.

저놈 군사의 뜻을 알고나 떠드는 것인가?

슬쩍 옆을 돌아보니 아니나 다를까. 류지의 입꼬리가 살짝 말아 올라가는 게 보였다.

명백한 비웃음.

그림이 그려졌다. 인간 세상에 그토록 가고 싶어 하던 녀석이니 명목상 직책이 하나 필요했으리라. 저래 봬도 묘인국의 원로가 아니던가.

'훗, 군사는 무슨. 완전 아기 돌보기구먼.'

전쟁 시 가장 안전한 곳에 몸담고 있는 이들 중의 하나가 바로 군사였다. 짐작하건대 녀석을 군사 자리에 앉힌 건 아신의 생각일 것이다. 그래야 망아지같이 날뛰는 걸 감시할 수 있을 테니까.

그런 진실도 모르고 홀로 신 나서 떠들고 있는 녀석을 보자니 라키아는 문득 측은해졌다.

'불쌍해지는 법도 참 가지가지군.'

"왜 더 말이 없어? 설마 기사단장이 군사가 뭔지도 모르는 거냐? 하아, 기가 막히네. 군사인 내 입으로 말하기 좀 그러니까 류지 네가 한번 설명해 봐라."

뜬금없이 라문이 가만히 있는 류지를 건드렸다. 안 그래도 아신에게 남몰래 라문을 비호하라는 명을 들어 불만인 류지였다. 그가 귀찮다는 듯 딱 잘라 말했다.

"모릅니다."

"모르긴 뭘 몰라! 너 대답하기 귀찮아서 그러지!"

"제가 모시는 건 아사 님입니다. 전 라문 님이 아니라 아사 님의 수호묘입니다."

"갑자기 그딴 소리는 왜 하는 거야?"

인간 세상의 일에 최초로 개입하는 중대한 사안인 만큼, 무조건 아신의 뜻을 따라야 한다는 샤하의 특명이 있었다. 그렇기에 라문이라는 귀찮은 짐을 군말 없이 떠안은 것이다.

하지만 그러면서도 한편으론 분명히 하고 싶었다.

지금은 어쩔 수 없이 당신의 명령을 수행하지만, 나의 주인은 아사 님입니다.

라문이 아닌 아신에게 류지가 전하는 말이었다.

"야, 사드!"

류지가 통할 것 같지 않으니 라문이 이번에는 사드를 불렀다.

"네가 대신 얘기해 봐. 설마 너도 모른다고 하는 건 아니겠지?"

"······."

차라리 류지의 반응이 나았다. 대귀족인 라문이 하명을 했음에도 사드에게선 아무런 변화가 없었다. 오로지 아신의 뒤만 지키며 서 있을 뿐이었다.

"아놔, 더럽고 치사해서 진짜 못 살겠네! 내가 돌아가면 그까짓 수호묘 구하고 만다, 구하고 말아!"

"시끄러우니깐 그만 닥치고 먹기나 하지?"

"그래, 라문. 라문 때문에 리안이 못 먹고 있잖아. 나도 귀따가워."

"뭐야?"

아사가 의도한 것은 아니지만 라문의 불편한 심기가 고스란히 리안의 몫이 되었다.

"인간, 너 나 때문에 못 먹었어?"

그간 함께 지내면서 리안이 터득한 방법은 이럴 땐 피하는 게 상책이라는 것이었다. 불화살 같은 라문의 시선을 은근슬쩍 흘리며 리안이 아신에게 말을 붙였다.

"덕분에 일이 수월하게 잘 풀렸습니다. 약속을 지켜 주셔서 감사합니다."

"그대의 싸움은 이제 막 시작 아닌가? 감사 인사를 받기엔 아직 이른 것 같군."

"지금도 제겐 충분히 큰 힘이 되고 있습니다. 이 빚은 나중에 꼭 갚겠습니다."

"빚이라니 좀 서운한걸."

"예?"

'내가 뭘 잘못 들었나?'

서운이라는 말은 어쩐지 아신과는 어울리지 않는 감정의 표출이었다. 리안이 놀란 표정을 짓자 아신의 은백색 눈동자가 조명 아래에서 묘한 빛을 발했다.

"묘인국에선 친구 사이에 빚이란 말은 쓰지 않는다."

말투는 딱딱했지만 리안은 아신이 지금 웃고 있음을 알았다. 그의 신비한 눈동자는 기분이 좋을 때면 더욱 특별한 빛을 낸다고 일전에 아사가 말했었다.

"고맙습니다."

그가 자신을 친구로 받아들였다는 사실이 리안은 진심으로 기뻤다. 첫 만남 때만 하더라도 아신과 이런 사이가 될 거라고는 짐작도 못 했다. 그래서인지 감동이 두 배였다.

"넌 뭐가 자꾸 고맙다는 거냐? 얼른 안 먹어? 저 자식이 네 것까지 다 먹어 치우잖아!"

리안과 아신 간에 오가는 교류가 라키아의 마음에 들 턱이 없었다. 그의 짜증 서린 목소리가 쩌렁쩌렁 실내를 울렸다.

"힘머이(흰머리)! 에옴이 어 않이 어머겄거든(네놈이 더 많이 처먹었거든)!"

정신없이 음식을 먹어 치우던 라문이 지지 않고 버럭 소리를 질렀다.

"넌 또 뭐라는 거냐?"

"에옴이 어 않이 어머겄아고(네놈이 더 많이 처먹었다고)!"

"에이, 더럽게!"

씹다 만 음식 조각들이 라문의 입에서 마구 튀어나왔다. 행여 그것이 자신에게까지 날아올세라 라키아는 얼른 몸을 사렸다.

"됐으니까 조용히 먹어라, 먹어. 너 같은 되다 만 고양이를 상대하는 내가 한심한 거지 누굴 탓하겠냐."

모든 게 계획대로 잘 풀린 뜻 깊은 하루였으나 라키아의 한숨 또한 짙어지는 밤이었다.

제4화
리안의 답장

하루하루 날을 거듭할수록 맥카시 공작 측의 분위기는 암울
해졌다. 황도를 이 잡듯이 뒤지고 있지만 어디로 숨어 버렸는
지 황제의 모습은 코빼기도 찾을 수 없는 데다가, 설상가상 세
간에서는 이 모든 것이 맥카시 공작의 음모라는 소문이 공공
연하게 나돌고 있었다.

어제는 수백 명의 황도 시민이 누군가의 선동에 이끌려 진
상을 규명하자며 황궁에 쳐들어오려고도 하였다. 병사들의 신
속한 진압이 있었기에 망정이지 황궁은 그야말로 아수라장이
될 뻔했다.

그러나 정작 이 모든 사태의 중심에 있는 맥카시 공작의 신

경은 온통 다른 곳에 쏠려 있었다.

"오스틴 백작은 대체 뭘 하고 있단 말이냐! 왜 여태 소식이 없어!"

그가 있기에 안심하고 모레츠를 보낼 수 있었다. 칼리스타 백작령으로 떠난 아들에게서 며칠째 연락이 없자, 공작의 속은 타들어 가다 못해 이제 문드러질 지경이었다.

"내게 입은 은혜를 그새 잊었단 말인가!"

그가 아무리 제국에 아홉밖에 없다는 소드 마스터라고 해도 아들과 비교할 수는 없었다. 더욱이 모레츠는 자식이기 이전에 공작가의 대를 이어야 할 귀중한 후계자다.

만약 녀석이 무사하지 않다면 오스틴 백작 또한 남은 인생이 평탄하지만은 않으리라.

"공작 전하, 고정하십시오. 오스틴 백작이 누구이옵니까? 그를 믿으십시오. 공자께선 무탈하실 겁니다."

공작에게 위로를 건네고 있지만 콘로이 자작의 낯빛도 그리 좋지만은 않았다. 공작과 마찬가지로 그의 아들인 앵거스에게서도 아무 소식이 없었기 때문이다.

앵거스가 칼리스타 백작이 뒷배로 있는 정보 길드를 손보겠다고 간 것이 나흘 전이었다. 모레츠에 비하면 얼마 안 되는 시간이지만, 그의 아들은 그처럼 먼 거리를 떠난 것이 아니었다.

길어 봤자 하루 이틀이면 끝날 일이었고, 왔어도 벌써 돌아왔어야 하는 것이다.

불길함에 발 빠른 자를 둘이나 보냈지만 그들 역시 아직 소식이 없었다. 칼리스타 백작령으로 내려보낸 자들 또한 약속이라도 한 듯 단 한 명도 돌아오지 않았다.

중간에 누군가 고의로 연락책을 차단하지 않고서야 이러한 일은 벌어질 수 없다. 그렇다면 그것이 누구일까? 예상되는 곳은 하나였다.

"타운젠드 이 잡스러운 늙은이!"

서로의 일을 방해치 않는 건 오랫동안 지켜 온 공작들 간의 불문율이었다. 그러한 것을 가장 중요한 시점에 어그러뜨리다니!

비록 정적이나 맥카시 공작은 타운젠드 공작을 믿었다. 경쟁 관계라는 건 때로는 가장 신뢰할 수 있는 파트너이기도 한 것이다. 상황이 마무리가 되고 모든 것이 제자리를 찾으면 그때 똑똑히 갚아 줄 것이다.

은혜는 잊을지언정 복수는 저버리지 않는 것이 맥카시 공작, 그가 살아온 방식이었다.

"타운젠드 공작의 짓이라 생각되시는 겁니까?"

분노를 터뜨리는 공작에게 의견을 묻는 이는 이제껏 침묵하던 해몬드 백작이었다. 당연한 그 질문에 공작의 언성이 더 높아졌다.

"그럼 누구겠나? 제국에서 그 늙은이를 빼고 감히 내게 대들 수 있는 존재가 어디 있다고?"

"물론 그렇긴 합니다만, 공작 전하께서 아주 중요한 사실 하나를 잊으신 듯하여 드리는 말씀입니다."

"잊다니? 내가 뭘 잊었단 말인가?"

공작이 있는 대로 인상을 찌푸렸지만 백작은 전혀 기죽지 않았다.

"지금 공작 전하가 상대하시는 게 누구이옵니까? 타운젠드 공작입니까, 아니면 황제 폐하이십니까? 둘 다 아닙니다. 바로 칼리스타 백작과 라키아 경입니다."

"설마 내가 그걸 모르고 있는 것 같아 일깨워 주는 겐가?"

"그럴 리가요. 저는 단지 연락책이 차단된 현재의 정황이 꼭 타운젠드 공작의 짓은 아니라는 말씀을 드리려 하였을 뿐입니다."

"허허, 제국에 있지도 않은 그들이 어찌 그럴 수 있단 말인가? 국외에 오래 나가 있더니 자네 그새 기억력이 나빠진 모양이군. 이 모든 게 그들이 이 땅에서 사라졌기에 시작한 거라네!"

"돌아왔다면요?"

"뭐?"

가늘어지는 공작의 표정을 여유롭게 받아넘기며 해몬드 백작이 답하였다.

"기회가 없어 저는 한 번도 본 적은 없지만, 칼리스타 백작은 출중한 외모에 대단한 마법 실력을 지닌 자라고 들었습니다. 라키아 경이야 제국인이라면 누구나 알아주는 검의 대가이지요. 그런 둘이라면 충분히 남의 눈을 속이고 입국이 가능합니다."

"콘로이 자작, 자네가 내 대신 설명 좀 해 주게. 칼리스타 백작과 라키아가 왜 이곳에 올 수 없는지."

"묘인국과의 경계 지점에 병사들을 배치한 것에 대해서라면 저도 알고 있습니다. 허나 외람된 말씀이지만 칼리스타 백작과 같은 뛰어난 마법사를 제게 붙여 주시면 그 정도쯤은 저도 몰래 뚫고 지날 수 있습니다."

아무리 철통같은 감시를 하고 있다 해도 백작은 자신 있었다. 그의 은신술에 칼리스타 백작의 투명화 마법이 더해진다면 어딘들 못 가겠는가?

가능성은 희박할지 몰라도 그들을 완전히 배제해서는 안 된다는 게 백작의 생각이었다.

방금 전까지 자신감에 차 있던 맥카시 공작의 눈빛이 흐려졌다. 해몬드 백작의 말이 아주 일리가 없지는 않은 탓이다. 더욱이 소드 마스터인 그가 하는 말이니 허투루 넘기기에는 왠지 찝찝했다.

그러나 콘로이 자작은 여느 때보다 단호히 고개를 내저었다.

"처음 어느 정도야 그럴 수 있다 여겨집니다. 하오나 수만의 병사가 겹겹이 그곳을 에워싸고 있습니다. 그들 모두의 눈을 속이기란 어렵지 않을까요?"

"자네답지 않게 꽤 자신 있어 보이는군."

"아무 이상이 없음을 바로 어제 보고 받았습니다. 한 말씀 더 올리자면, 칼리스타 백작과 라키아 경이 정말로 나타날 시 병사들의 힘만으로는 부족할 겁니다. 현재 주 무력 부대가 전부 황도에 상경해 있으니까요."

"애초에 공작령에 주둔하는 병사들은 시간을 벌기 위한 방패막이였겠지. 폐하만 손에 있다면 큰 저항을 하지 못할 테니까. 아닌가?"

"맞습니다. 그러니 그 점에 대해서라면 딱히 심려치 마십시오. 아직 유리한 건 저희 쪽입니다."

"폐하가 우리 수중에 없는데 어떻게 걱정을 안 하나? 만에 하나 그들이 먼저 폐하를 데려간다면 우리의 앞날에는 먹구름이 끼는 걸세. 그것도 아주 시꺼먼 먹구름이."

해몬드 백작이 통지를 받고 황도에 도착했을 땐 이미 거사가 진행된 이후였다.

모든 게 완벽할 거라는 말과는 달리 금방 찾겠다는 황제는 여전히 깜깜무소식이고, 상황은 자꾸만 좋지 않은 쪽으로 흘러갔다.

공작은 이 모든 게 재수가 없어서라고 하지만 그의 생각은 그렇지 않았다. 좀 더 꼼꼼히 준비를 했더라면, 최소한 자신이 황도에 도달한 이후에 시작을 했더라면 애당초 이런 일은 생기지 않았을지도 모른다.

먼 거리를 쉬지도 않고 달려온 그에게 선물은커녕 뒤처리나 맡기는 것 같아 기실 백작의 심사는 좋지 못했다.

공작이 있는 자리임에도 불구하고 불길한 언사를 사용한 것은 그래서였다. 어째서 일을 이 지경으로 만들었느냐는 일종의 추궁이랄까?

"해몬드 백작, 자네 지금 말 다했나?"

안 그래도 저조한 맥카시 공작의 심기가 더욱 바닥으로 곤두박질쳤다. 본디부터 건방진 구석이 있긴 하였지만, 이처럼 버릇없게 구는 것은 보지 못하였다.

그간 대우해 준답시고 풀어 준 것이 화근이었다. 공작이 무섭게 눈을 부릅뜨며 노기를 드러냈다.

"공작 전하! 공작 전하!"

예고도 없이 갑자기 문이 열린 것은 그때였다.

"서신이, 서신이 왔습니다!"

병사 하나가 편지를 손에 든 채 헐떡대며 뛰어 들어왔다. 그 무례한 행태에 공작이 야단을 치려는 찰나, 병사에게서 믿기 힘든 말이 새어 나왔다.

"바, 발신자가 카, 칼리스타 백작입니다!"

"뭣이라? 누구?"

콘로이 자작이 벌떡 일어나 병사의 손에 들린 서찰을 뺏어

들었다.

"헉!"

그리고 잠시 후, 좀처럼 놀라는 법이 없는 콘로이 자작의 입에서 신음이 터졌다.

"정말 그인가?"

자작은 대답 대신 서찰을 내밀었다. 공작의 떨리는 손길이 급히 봉투를 뜯어 내용을 펼쳤다.

맥카시 공작 전하께.

보내 주신 서한은 잘 받았습니다.

제가 잠시 자리를 비웠던지라 이제야 확인을 하였네요.

그간 무고하셨습니까?

이렇게 친히 서신까지 보내어 초대해 주시다니 참으로 감사합니다.

제게 여쭐 것이 무엇인지 모르겠으나, 기꺼운 마음으로 찾아뵙도록 하지요.

부디 그때까지 무탈하시길 빌겠습니다.

칼리스타 백작.

맥카시 공작의 눈에 핏발이 서렸다. 그는 작금의 상황을 도저히 믿을 수가 없었다.

묘인국에 있어야 할 칼리스타 백작이 어찌 자신에게 답장을 보냈단 말인가!

그가 황급히 종이를 코로 가져가 냄새를 맡아 보았다. 바람과는 달리 진한 잉크의 향이 훅 끼쳐 왔다. 작성한 지 며칠 되지 않음을 증명하는 것이었다.

"필체를 확인하게."

얼음장 같은 목소리로 공직이 명했다. 자작이 서찰을 넘겨받아 즉시 필적 감정에 나섰다.

그렇게 얼마나 지났을까.

콘로이 자작은 차마 주군에게 사실을 고하지 못하였다. 서신에 쓰인 것은 정확히 칼리스타 백작 그의 서체였다.

"모레츠!"

공작이 팔걸이를 내리치며 아들의 이름을 외쳤다. 서찰엔 모레츠에 대한 언급이 한마디도 없었지만 그는 알 수 있었다. 상대의 손에 아들이 넘어갔음을.

몇 줄 안 되는 짧은 글귀 속에서 놈은 자신이 물었던 것을 확실히 답했을 뿐만 아니라, 본인이 하고 싶은 바를 말하고 있었다.

그의 명으로 편지는 분명 집사에게 바로 전달이 되었다. 돌아오지 않고서야 절대 그 서찰을 볼 수 없다는 얘기다.

해몬드 백작의 말이 맞았다.

인정하기 싫으나, 칼리스타 백작과 라키아는 어느새 입국하여 그의 숨통을 조여 오고 있었다.

설마 황제도 그들이 빼돌린 것일까?

그래서 찾으려고 애를 써도 찾지 못하였단 말인가!

"젠장!"

목구멍에서 절로 욕이 튀어나왔다. 내내 개운치 않던 이유가 아무래도 이것이었나 보다. 마치 끔찍한 악몽이라도 꾸는 것 같았다.

"죄송합니다. 죽여 주십시오!"

입이 열 개라도 할 말이 없었다. 도대체 어디에서 구멍이 생긴 건지 콘로이 자작은 짐작조차 가지 않았다. 송구함에 주군을 볼 면목이 없다. 그의 머리가 무릎에 닿을 정도로 숙여졌다.

"잘잘못을 논할 때가 아니네. 칼리스타 그놈에게 내 아들의 목숨이 달려 있어!"

징벌을 논하는 것은 차후의 문제였다. 지금은 모레츠를 무사히 데려올 방법을 강구하는 것이 더 시급했다. 애써 흥분을 가라앉히며 공작은 생각에 잠겼다.

"맞교환할 상대를 찾으시는 겁니까?"

해몬드 백작의 우려대로 상황이 전개가 되었지만 그에게선 조금의 기쁜 기색도 찾아볼 수 없었다. 모레츠가 잘못된다면 그 피해는 백작에게도 미칠 것이다. 서둘러 이 위기를 넘겨야 했다.

"적합한 자가 없네. 황제마저 저들 손에 있다면 그땐 정말 답이 없어."

모레츠를 가장 손쉽게 돌려받는 방법은 그에 상응하는 누군가와 맞바꾸는 것이다. 하지만 아무리 머리를 굴려 봐도 마땅히 떠오르는 인물이 없었다. 황제의 측근은 현재 모두가 자리를 비운 상태였다.

"그녀는 어떻습니까?"

"그녀? 누구를 말하는 거지?"

"공작 전하께서 놀람이 크셨던 모양입니다. 황태후 마마를 잊고 계시다니."

"……!"

비릿한 백작의 음성에 공작은 정신이 번쩍 들었다.

그래, 끝나지 않았다.

이벨라 황태후!

황제의 어머니이자 현 황궁의 유일한 황족인 그녀가 아직 그들에게 있는 이상 포기하기는 이르다. 그동안은 쓸모가 없어 버려두었던 패지만, 지금은 다시없을 좋은 수였다.

황제를 낳은 어미이니 저쪽에서도 무시할 수는 없으리라.

맥카시 공작이 회심에 찬 얼굴로 명령했다.

"황태후 년을 당장 내 앞에 끌고 오라! 감히 내 아들을 잡아들이다니, 내 그년의 피로 서찰을 한 장 써 보낼 것이다!"

＊　　＊　　＊

"여기 계셨습니까?"

늦은 시각, 스웨르겐 백작이 하인의 안내에 따라 도착한 곳
은 저택 뒤편의 온실이었다. 작은 촛불 하나만 켠 채 홀로 앉
아 명상에 잠겨 있던 타운젠드 공작은 사위의 등장에 이맛살
을 찌푸렸다.

"자네가 이 시간에 어쩐 일인가?"

"긴히 말씀드려야 할 게 있어 찾아왔습니다."

심각한 사위의 표정에 공작은 좋지 않은 일이 터졌음을 직
감했다. 하나 그 일이 손녀딸에 관한 얘기일 거라고는 꿈에도
생각지 못했다.

"……자네 지금 뭐라고 하였나? 레베카가 어디에 있다고?"

"조금 전에 연락을 받자마자 이리로 오는 길입니다. 저도
제 눈을 의심하였지만, 편지에는 분명 칼리스타 백작의 성에
머물고 있다고 쓰여 있었습니다. 자신은 안전하니 걱정하지
말라더군요."

"안전하다?"

지금쯤이면 여행에서 돌아와 얌전히 집에 있어야 할 손녀딸
이었다. 아무리 그의 손녀라 할지라도 이런 시국에 여행을 계
속했다가는 어떤 일이 생길지 모른다. 현명한 녀석이니 그쯤
은 말 안 해도 잘 알 것이다.

한데 칼리스타 백작의 성에 거주 중이라니?

그곳은 현재 제국에서 가장 위험한 곳 중 하나다.

안전하다는 손녀딸의 말이 공작은 도무지 이해가 가지 않았다.

"오스틴 백작이 아직 황도로 돌아오지 못했음을 아실 겁니다. 그것이 이상하여 제가 칼리스타 백작령으로 사람을 보냈는데, 아직 돌아오지 않아 보고를 하지 못했습니다."

"허면 맥카시 놈의 아들과 레베카가 지금 함께 있다는 뜻인가?"

특별히 여자를 밝힌다는 소문은 없지만, 그 나이 또래면 레베카의 미모에 반해 충분히 허튼짓을 저지르고도 남았다. 한창 혈기 왕성할 때가 아닌가.

남자들의 심리는 같은 남자인 공작이 잘 알았다. 행여 레베카가 험한 일을 당하는 것은 아닐지, 공작은 갑자기 뒷목이 뻐근해졌다.

"그게 아닐 수도 있을 것 같습니다."

"그건 또 무슨 소린가?"

뒷목으로 향하던 공작의 손이 허공에서 멈췄다.

"혹 놈만 먼저 황도로 올라온 겐가?"

"아니요, 그건 아닙니다. 공작이 자신의 아들을 얼마나 끔찍이 아끼는지는 장인어른께서도 잘 아시지 않습니까? 아마 오스틴 백작 없이는 절대 혼자 움직이지 말라는 명이 있었을 겁니다."

잠시 반색하던 타운젠드 공작의 안면이 다시금 차갑게 굳었다. 장인어른의 건강을 위해 백작은 서둘러 말을 이었다.

"지금 장거리에 이상한 소문이 하나 돌고 있습니다. 아직 사실인지 아닌지를 확인치는 못했으나, 레베카의 말도 그렇고 어쩐지 저는 맞는 듯한 생각이 듭니다."

"무슨 소문이길래 레베카와 연관을 짓는 것인가?"

"그게 그들이 돌아왔다고 합니다."

"그들?"

"네, 칼리스타 백작과 라키아 경 말입니다."

까끄름하게 올라가던 공작의 눈초리가 사납게 휘어졌다. 작금의 상황에서 둘의 귀환은 무엇보다 놀라운 소식이었다.

"둘을 직접 보았다는 자는 없습니다만, 몰래 돌아온 그들이 황제를 구해 어딘가에서 피신 중이라는 이야기가 장거리에 빠른 속도로 번져 나가고 있습니다."

직접 본 사람은 없는데 빠르게 번져 나간다. 이 경우엔 반드시 전제 조건이 따른다.

누군가 의도적으로 소문을 퍼뜨리고 있다는 것.

손녀의 소식에 잠시 이성을 잃었던 타운젠드 공작이 일순간에 철혈재상의 본모습으로 돌아갔다.

그의 영민한 뇌가 민첩하게 회전하더니 이윽고 한 가지 답을 내렸다.

"칼리스타 백작이군. 이번 소문으로 이득을 볼 건 그자밖에 없어."

"제 생각도 그렇습니다. 제 추측이 맞는다면, 오스틴 백작과 모레츠가 그들 손에 붙잡힌 것 같습니다. 어째서 레베카가 그곳에 간지는 모르겠지만, 거기서 칼리스타 백작을 만났겠지요. 그래서 안전하다고 한 겁니다. 평소 백작의 능력을 높이 샀던 녀석이니까요."

"후후, 일이 재밌게 돌아가는군."

모레츠는 맥카시 공작에겐 가장 큰 약점이었다. 아무리 공작이 독하다 한들 자기 새끼를 버리지는 못할 것이다.

문득 궁금해졌다. 맥카시 공작이 과연 이 사실을 알고 있을지, 알았다면 당시에 어떤 표정을 지었을지, 오랜 정적으로서 공작은 상당히 궁금했다.

"어떤가? 자네도 소문처럼 황제가 칼리스타 백작의 손에 있다고 생각하나?"

예리하게 빛나는 공작의 눈을 마주 보며 백작은 고개를 저었다.

"칼리스타 백작에겐 치료 마법이 있습니다. 소문이 사실이라면 황제의 음독을 치료하고 진즉에 환궁을 했겠지요."

"맞아, 시간을 끌 필요가 전혀 없지."

제국을 혼돈에 휩싸이게 해 놓고 돌아오지 않을 황제가 아니었다. 황제의 책임감만은 타운젠드 공작도 높이 사는 바였다. 그렇다는 건 칼리스타 백작 역시 아직 황제를 찾지 못했다는 얘기.

"훗, 이번 숨바꼭질 놀이는 맥카시 놈을 응원해야겠군. 그래야 구경할 맛이 나겠어."

"네, 모레츠의 안전을 위해서라도 공작의 입장에선 반드시 황제를 먼저 찾아야 할 겁니다."

"이대로 끝나는 건 너무 싱겁지."

자고로 싸움 구경만큼 재밌는 것은 없다.

끝까지 겨루다가 양패구상이라도 당한다면 그거야말로 그들에겐 기꺼운 일이 될 터. 타운젠드 공작의 입가에 오랜만에 미소다운 미소가 돌았다.

"그나저나 처남이 요즘 통 안 보이던데, 혹 장인어른께서 따로 명하신 일이라도 있으신 겁니까?"

"아닐세. 일전에 창고에서 발견한 마법 물건인지 뭔지 때문에 바쁜 모양이야. 테오도르를 보러 저택에 왔다 가는 것 같기는 한데, 나도 영 얼굴 보기가 힘드네."

"저런, 아스완 양의 상심이 크겠군요. 리즈완 백작도 도착하고 해서 저도 자리를 한번 마련해 볼까 했는데, 처남을 도통 만날 수가 없으니 난감합니다."

"그건 내가 하인을 통해 연락하라고 전해 놓도록 하지. 자네는 일단 다른 것에는 신경 끄고, 칼리스타 백작의 행방에만 중점을 두고 움직이게나. 아무리 우리가 방관자의 처지라지만 돌아가는 상황을 하나라도 놓쳐선 아니 되네."

"그 점은 염려 마십시오. 수하들에게도 따로 지시를 내리고 오는 길입니다."

믿음직한 백작의 대답에 공작은 고개를 끄덕였다. 철없는 딸의 고집으로 어쩔 수 없이 받아들인 사위지만, 시간이 흐른 지금은 든든한 가족이자 그가 가장 신뢰하는 이가 되었다.

이 정도면 그의 뒤를 이어 공작이 될 글렌의 뒷받침도 훌륭히 수행할 수 있으리라.

다가올 미래를 상상하며 타운젠드 공작이 스웨르겐 백작을 흐뭇하게 바라보았다.

* * *

얼굴이 근심으로 가득 찬 중년의 여인이 어두컴컴한 복도를 소리 없이 걸었다. 하얀 입김이 그녀가 숨을 내쉴 때마다 싸늘한 밤공기를 타고 흘러나왔다.

"무엇이냐?"

낡은 문 앞에서 무기를 든 병사 둘이 그녀를 막아섰다. 그들의 시퍼런 눈길은 당장에라도 여인을 찌를 것처럼 매서웠다.

"마마께서 며칠째 아무것도 드시지 못하시어, 평소 좋아하시던 수프를 좀 만들어 왔습니다."

"이 같은 밤중에 말이더냐?"

"침수에 들지 못하신 지도 오래되셨습니다. 따뜻한 음식을 드시면 식곤증에 조금이나마 잠을 청하실 수 있지 않을까 하여서……."

여인의 간곡한 어조에 눈빛을 교환한 두 병사가 마지못해 문을 열어 주었다.

"허튼짓을 하다가 걸리는 날엔 네년의 목숨은 없는 것이다. 수프만 건네면 냉큼 나와야 한다. 알겠냐?"

"예, 그리하겠습니다. 정말 정말 감사합니다."

쟁반을 쥔 여인의 손에 힘줄이 불거졌다. 하나 여인은 애써 속내를 감추며 허리를 더욱 낮게 숙였다.

폐하만 무사히 돌아오신다면 얼마든지 비굴하게 굴 수 있었다. 가면은 그때 가서 벗어도 늦지 않으니까. 놈들의 얼굴을 기억하여 반드시 지금의 수모를 갚겠다고 그녀는 몇 번이고 다짐했다.

들어선 실내는 복도보다도 어두웠다. 여인은 서둘러 촛대에 불을 켜고 주위를 둘러보았다.

"마마!"

여인이 깜짝 놀라 침상으로 뛰어갔다. 며칠 사이에 마치 다른 사람이 된 양 수척해진 주인의 모습에 그녀의 억장이 무너졌다.

"라우리아?"

죽은 듯이 누워 있던 이벨라의 눈이 아주 천천히 떠졌다. 가까이에서 보니 피부는 훨씬 더 거칠었고, 입술은 바짝 말라 갈라지기 일보 직전이었다.

"많이 춥지?"

열악한 환경이었지만 황족에 대한 예우랍시고 그나마 벽난로의 불은 유지가 되고 있었다.

원래대로라면 라우리아도 함께 지내면서 그녀의 수발을 들어야겠지만, 맥카시 공작의 지시로 이 추운 한겨울을 불도 들어오지 않는 허름한 공간에서 지내고 있었다.

라우리아의 빨갛게 언 귀와 볼이 이벨라의 눈에 아프게 들어왔다.

"저는 괜찮으니 염려치 마세요. 저는 마마가 더 걱정입니다. 자꾸 식사를 거르시면 어찌하십니까? 폐하를 보시려면 기운을 내셔야지요."

"무슨 소식이라도 들은 거야?"

아들 얘기가 나오자 이벨라가 황급히 몸을 일으켰다. 확연할 정도로 가늘어진 주인의 몸이 라우리아의 눈시울을 붉게 적시었다.

"아직은 없지만 곧 돌아오실 겁니다. 강인한 폐하가 아니십니까. 허니 제발 마마께서도 힘을 내셔요."

이벨라가 다시 눕기 전에 그녀가 재빨리 수프가 담긴 쟁반을 들고 왔다.

"마마께서 좋아하시는 생선 수프예요. 제가 직접 끓였으니 입에 맞으실 겁니다. 어서 드셔 보세요."

"미안하지만 라우리아, 나 생각이 없어."

거절하고 드러누우려는 이벨라의 팔을 라우리아가 강제로
잡아끌었다.

"생각이 없으셔도 드셔야 합니다. 마마를 위해서가 아니라
폐하를 위해서 드셔야지요. 포기하시면 아니 됩니다."

"라우리아, 난……."

"벌써 잊으셨어요? 무슨 일이 있어도 폐하만은 지켜내실 거
라면서요. 다시는 저들에게 당하지만은 않겠다고 제게 그러셨
잖아요. 폐하를 지키시려면 마마께서 먼저 건강하셔야 합니
다. 제가 왜 억지로 들어가지도 않는 밥을 꾸역꾸역 먹는데요.
배가 고파서요? 아니요. 제가 기운이 있어야 마마를 보필할
수 있기 때문입니다."

눈물을 글썽이며 애원하는 라우리아의 얼굴을 이벨라는 한
동안 말없이 응시했다. 그녀의 눈물에서 못난 자신의 모습이
비치자 한심함이 이루 말할 수가 없었다.

라우리아의 말은 하나도 틀리지 않았다. 라테스를 위해서라
도 자신은 먹어야 한다. 그래야 아들에게 짐이 되지 않을 것이
다.

팔에 닿은 라우리아의 손등에 자신의 손을 얹으며 이벨라가
고개를 주억였다.

"응, 먹을게."

"네, 그러셔야죠! 식기 전에 어서 드세요."

감격에 벅차하는 라우리아의 두 뺨으로 눈물이 주룩 흘러내

렸다.

"오랜만에 먹으니 맛 좋네."

한 술 두 술 뜨던 스푼의 움직임에 점점 속도가 붙었다. 밖의 상황에 대해 이런저런 대화를 나누며 먹다 보니 어느덧 그릇의 바닥이 보였다.

끼이익, 하며 문이 열리는 소리가 들린 것은 그때였다.

"앗, 이제 가 봐야겠어요."

수프만 전해 주고 나오라고 한 것을 여태 앉아 있었으니 데리러 온 것이 분명했다. 라우리아가 쟁반을 챙기며 서둘러 일어났다.

"그럼 푹 주무세요. 저는 내일 아침에 다시 찾아뵐게요."

"미안하지만 그렇게는 안 되겠는데?"

밖을 지키던 병사들이 아니었다. 황실의 제복을 갖춰 입고 있으나 처음 보는 자들이었고, 어딘지 음험한 기운이 느껴졌다.

"누구요!"

본능적으로 이벨라의 앞을 막아서며 라우리아가 외쳤다.

"맥카시 공작 전하께서 친히 찾으신다. 당장 전하를 뵈러 갈 채비를 하여라."

"무엄하군요! 이분은 황태후 마마십니다. 마마를 뵈려거든 공작 전하께서 직접 오시라 전하십시오!"

"네년이 황궁 돌아가는 사정을 몰라도 한참 모르는가 보군.

시간 없으니 끌어내!"

남자의 명에 두 사내가 뛰어나와 라우리아를 양쪽에서 붙들었다. 벗어나기 위해 있는 힘껏 발버둥을 쳐 보았지만 그녀에겐 역부족이었다.

"그 손 당장 치우지 못하겠느냐! 나의 시녀이다! 내 허락 없이는 아무도 그녀에게 손대지 못한다!"

이벨라의 호통도 소용없었다. 오히려 비웃음 어린 얼굴로 남자가 말했다.

"부디 제가 마마를 저리 모시지 않게 해 주십시오."

모멸감으로 이벨라의 몸이 부르르 떨렸다. 황궁으로 시집와서 수많은 멸시와 무시를 당한 그녀이긴 하나, 이처럼 치욕스러운 순간은 처음이었다. 힘이 없다는 게 어떤 것인지를 그녀는 또 한 번 뼈저리게 실감했다.

"웬 놈들이냐!"

이벨라가 입술을 깨물며 사내를 노려볼 때, 갑자기 문어귀에서 날카로운 소리와 함께 병사들 간에 몸싸움이 벌어졌다.

"마마! 괜찮으세요?"

그 틈을 타 풀려난 라우리아가 달려와 이벨라를 부축했다.

부지불식간에 벌어진 일이었다.

어떻게 된 사정인지는 모르나, 정신을 차리고 보니 공작의 수하들이 전부 목숨이 끊어진 채 바닥에 널브러져 있었다.

"누, 누구시오!"

눈앞에서 사람이 죽어 나가는 것도 무섭지만, 새로 등장한 무리가 이벨라는 더 두려웠다. 같은 황실 제복을 입고 있으나 이들도 처음 보기는 마찬가지였다.

하지만 그런 두려움도 잠시, 별안간 그들이 일제히 무릎을 꿇으며 알현 자세를 취했다.

"모시러 왔습니다. 무례를 용서하십시오."

놀라는 그녀에게 그들이 덧붙였다.

"폐하께서 기다리고 계십니다."

*　　　*　　　*

엘이 안절부절 책상 앞을 왔다 갔다 했다. 초조한 낯빛으로 손톱을 뜯어 가며 중얼거리는 모습이 전혀 그녀답지 않았다.

"마스터, 진정하세요!"

보다 못한 제프리온이 투덜거리며 다가와 그녀를 억지로 소파에 앉혔다.

"이제 고작 십 분밖에 지나지 않았습니다. 제발 가만히 좀 계세요."

"고작이라니, 제프! 무슨 말을 그렇게 해? 칼리스타 백작님은 약속 시간을 어기실 분이 아니란 말이야! 설마 무슨 일이 생기신 건 아닐까?"

맥카시 공작령으로 떠나기 직전 리안은 엘과 약속했다. 매일 밤 자정에 비밀 가옥으로 찾아오겠노라고.

어제까지만 해도 그 약속을 충실히 이행했던 리안이거늘, 어째서인지 오늘은 시간이 지나도 나타나지 않고 있었다. 엘로서는 당연히 불길한 생각이 들 수밖에 없었다.

"그 험한 묘인국에서도 살아 돌아오신 분입니다. 잠깐 잊으셨거나, 아니면 용무가 바쁘신 것이겠죠. 여기엔 제가 있을 터이니 들어가서 눈 좀 붙이세요. 요즘 너무 무리하시는 듯합니다."

엘이 어째서 더 불안해하는지 제프리온은 모르지 않았다. 그녀의 눈에 서린 걱정을 애써 흘리며 그가 흩어진 책상을 정리했다.

"나 아직 할 일 안 끝났어. 그냥 둬."

"제가 대신 처리할게요. 급한 업무가 생기면 재깍 깨울 테니 안심하고 좀 쉬세요."

"내가 언제 이 시간에 자는 거 봤어? 난 괜찮으니까 제프나 가서 좀 쉬어."

마스터가 된 이후로 새벽 3시 이전에는 잠을 청한 적이 없는 엘이었다. 하물며 지금은 비상시국이 아닌가. 그녀가 소파에서 일어나 다시 책상으로 향했다.

그때 문이 열리며 웬 사내가 안으로 들어왔다.

"하마드!"

보통 사람에 비해 유달리 작은 체구와 검은 피부를 지닌 자였다. 갑작스러운 그의 등장에 엘은 전에 없이 긴장했다. 그도 그럴 것이 사내는 그녀가 리즈완 백작을 감시하라고 특별히 명하여 보낸 추적자였다.

"설마 들킨 거야?"

"아직은 아닙니다."

"휴우, 놀랬잖아."

안도의 한숨이 쉬어졌다. 하마드가 뛰어난 추적자인 것은 사실이나 상대는 소드 마스터였다. 언제 들켜도 이상하지 않은 것이다.

"그럼 무슨 일이야? 당신이 날 다 찾아오고."

별다른 일이 없는 이상 둘은 직접적으로 만날 일이 없는 사이였다. 엘의 물음에 하마드가 잠시 망설이는 듯하더니 대답했다.

"그를 쫓던 중 이상한 것을 목도하여 보고하러 왔습니다."

"이상한 것?"

"네, 이벨라 황태후가 남모르게 궁을 나서고 있었습니다."

"황태후 마마라니? 허면 리즈완 백작이 황궁을 염탐하고 있었단 말이야?"

"염탐이라고 말하기가 조금 애매합니다. 워낙에 여기저기 기웃거리는 걸 좋아하는 자라서요. 매일매일 다릅니다. 어제는 타운젠드 백작을 살피더군요."

"그를 만난 게 아니라 몰래 살폈다고?"

"네, 제가 감시한 이래로 그는 누구도 만나지 않았습니다. 철저하게 혼자 지내고 있습니다."

그러고 보면 일전에도 친구가 없다는 말로 그들을 놀라게 한 전적이 있었다. 처음 보는 자신에게는 잘도 친한 척을 하며 다가오더니, 실상은 곁을 주지 않는 냉정한 성격이란 말인가?

대관절 어느 게 백작의 본모습인지 엘은 헷갈렸다.

"황태후 마마께선 누구와 움직이셨지?"

"시녀로 보이는 듯한 여인 하나와 황실 제복을 입은 기사들이었습니다."

"강제로 끌려가는 기색은 없었고?"

"전혀 없었습니다."

엘의 눈빛이 가라앉았다. 그녀가 알기로 현재 황태후 마마께선 거의 감금당한 상태나 마찬가지였다. 따로 도움을 주고 싶어도 맥카시 공작이 황궁을 완전히 장악하고 있어 그럴 수가 없었다.

그러한 그녀에게 누군가 접근하여 황궁 밖으로 빼돌렸다.

'어떻게? 그리고 왜?'

고민은 길지 않았다.

황태후의 안전을 걱정할 누군가와 황태후가 아무 의심 없이 따라갈 수 있는 누군가는 오로지 한 사람뿐이었다.

"폐하!"

너무 꼭꼭 숨어 버려 엘의 속을 타들어 가게 하신 분. 드디어 단서를 찾은 것 같아 엘은 가슴이 뛰었다.

"폐하를 찾은 겁니까?"

불시에 들려온 음성의 주인공은 리안이었다. 어느새 도착한 그가 열린 문 너머로 엘을 바라보고 있었다.

왜 이제야 오느냐고 따져 물을 새도 없었다. 엘은 서둘러 그간의 대화를 리안에게 전했다.

"어디로 갔는지 알 수 있습니까?"

엘의 짐작이 맞는다면 당장 뒤따라야 했다. 다급한 리안의 물음에 하마드가 자신 있는 얼굴로 고개를 끄덕였다.

"마차를 타고 갔으니 아직 흔적이 남아 있을 겁니다. 지금 바로 쫓는다면 금세 따라잡을 수 있습니다."

"엘."

"네, 여긴 제게 맡기시고 어서 가 보세요. 연락 기다리고 있겠습니다."

이젠 리안의 눈빛만 봐도 그가 무슨 말을 하려 하는지 알 수 있었다. 하마드에게 리안을 정중히 모실 것을 당부하며 그녀가 조용히 배웅에 나섰다.

밝은 앞날을 예고라도 하듯 차오르는 달이 그들을 따뜻하게 비추었다.

제5화

고백

    기사들의 도움으로 무사히 황궁 밖으로 빠져나온 이벨라를 기다리고 있던 것은 한 대의 마차였다. 지체했다가는 위험하다는 언질이 앞서 있었기에 이벨라는 한 줌의 망설임도 없이 마차에 올랐다.

    하지만 그런 그녀의 표정이 굳어지는 것은 순식간이었다.

    "당신이 왜 여기에 있는 거죠?"

    어두운 마차 안에서 이벨라를 응시하는 남자. 글렌을 마주하는 그녀의 심장이 차갑게 내려앉았다.

    "식사부터 하지."

    글렌이 옆에 놓여 있던 보자기를 들어 이벨라에게 건넸다.

"이게 뭔가요?"

"몸 좀 녹이라고 준비한 거야. 밤이라서 쌀쌀하잖아."

이벨라의 홀쭉해진 뺨을 글렌이 안쓰럽게 훑었다. 보고를 통해 알고는 있었지만 실제로 보는 그녀의 모습은 생각보다 심했다. 그녀가 가장 힘들어할 때 또다시 지켜 주지 못했다는 것에 글렌은 마음이 아팠다.

"배고프지 않아요."

보자기에는 눈길 한번 주지 않은 채 이벨라가 싸늘하게 거절했다. 충분히 예상했던 상황이기에 글렌은 당황하지 않고 라우리아를 바라봤다.

힐긋 주인의 눈치를 살피던 그녀가 곧 글렌에게서 보자기를 받아 들었다. 고마움의 뜻으로 작은 미소를 지어 보이며 글렌이 이번에는 담요를 들었다.

"먹기가 싫으면 제대로 덮기라도 해."

그가 직접 이벨라의 몸에 담요를 덮어 주었다. 글렌이 데워 놓은 온기가 담요 자락을 타고 그녀에게로 전해졌다.

"이제 설명해 보세요. 이게 다 어떻게 된 일인지."

그의 체취가 정신을 어지럽게 하였지만, 애써 모른 척 외면하며 이벨라가 따져 물었다.

"다 듣고 온 거 아니었나?"

"난 라테스가 보냈다기에 믿고 온 거예요. 설마 날 빼돌리려고 거짓말을 한 건가요?"

"저들이 정녕 그러던가? 당신 아들이 보냈다고?"

마차 밖에서 따르고 있는 호위기사들을 가리키며 글렌이 반문했다. 이상할 정도로 담담한 그 물음에 이벨라가 눈매를 모았다.

"무슨 뜻이죠?"

"내 지시대로만 움직이는 충성스러운 부하들이거든. 내가 명한 건 당신을 조용히 빼내 오라는 거였어. 아들 얘기는 당신의 착각이겠지."

착각?

담요를 말아 쥔 이벨라의 손등에 핏줄이 돋았다. 그들은 분명 모시러 왔다 말하였다. 주저하는 그녀에게 라테스가 기다리고 있다며 부추긴 것도 그들이었다.

헌데 이제 와서 착각이라니?

그를 신뢰하진 않았어도 이처럼 뻔뻔하게 시치미를 뗄 거라곤 생각지 못했다. 평소 무례하게 굴긴 했어도 자신 앞에서는 언제나 솔직했던 그였기에.

"충성스러운 수하들을 두어 당신은 참 좋겠군요. 주인의 명을 지키기 위해 손수 거짓까지 지어내다니 말이에요."

"당신 아들이 기다리고 있다는 말 때문이라면 오해하지 마. 내가 지시한 것이니까."

"뭐라구요?"

"그래야 순순히 따라올 거잖아. 납치라도 하듯 억지로 데려오기는 싫었거든."

"그거 무지 고맙군요. 당신이 날 그렇게까지 생각해 주는지 미처 몰랐네요."

"내가 요즘 무슨 생각으로 사는지 알면 아마 당신은 무척 놀랄 거야."

글렌의 애틋한 시선이 이벨라에게 다가갔지만 화가 날 대로 난 그녀에게는 그런 것이 들어오지 않았다. 그녀가 덮고 있던 담요를 거칠게 바닥으로 내팽개쳤다.

"됐으니깐 당장 마차나 세워요! 당신과는 더 이상 어떤 말도 섞고 싶지 않아요!"

"아들이 보고 싶은 줄 알았는데?"

"자식 잃은 부모 마음이 어떤 건지 당신이 알면 내게 이러지 못할 거야. 여기서 뛰어내리기 전에 어서 세워요. 이건 황태후로서 내리는 명령이에요!"

그녀가 마차의 빗장에 손을 갖다 대며 엄중하게 외쳤다. 빗장을 향한 글렌의 눈빛이 살짝 흔들렸지만 그는 아무렇지 않은 척 대꾸했다.

"일이 터지자마자 내게 연락한 것은 아들을 살리고 싶어서가 아니었나?"

"그 일이라면 기억 속에서 이미 지워 버렸어요. 그러니 당신도 잊어버려요."

"당신은 뭐든 참 쉬운가 보군."

씁쓸한 말투가 마치 상처라도 입은 것 같아서 이벨라는 가슴이 덜컥했다. 그러나 차마 내색할 수 없어 입술을 잘근 깨물었다.

"어쨌든 당신 아들이 기다리고 있다는 말은 사실이니 그 손은 내려놔. 지금은 밤이라서 보이지 않지만 아래가 깎아지른 벼랑이거든. 떨어지는 즉시 목뼈가 부러져서 죽을 거야."

겁을 먹으라고 하는 소리가 아니었다. 실제로 그들은 좁을 길을 따라 어딘가로 오르는 중이었다. 좌우로 포진해서 따라오던 호위기사들도 지금은 전후만을 지키고 있었다.

빗장에선 손을 떼었지만 이벨라의 굳은 표정은 쉽게 풀어지지 않았다.

"금방 탄로 날 거짓말을 잘도 하는군요. 내 아들이 당신과 함께 있다니, 지나가는 개가 웃겠어요."

"왜 그렇게 단정 짓지?"

"그걸 몰라서 물어요? 맥카시 공작이 눈에 불을 켜고 찾고 있어요. 그런 내 아들을 당신이 발견했으면 지금 여기서 이러고 있겠어요?"

"……그건 내가 당신 아들을 공작에게 갖다 바치기라도 할 거란 소린가?"

"항상 내 아들을 못 잡아먹어서 안달이었잖아요! 그런 당신이니 당연히 그러고도 남겠지요!"

글렌을 매섭게 노려보며 이벨라가 소리 질렀다. 그녀의 폭언에 잠시 멍한 듯했으나 글렌은 곧 정신을 차리고 이죽거렸다.

"당신을 실망시켜서 미안하군. 이럴 줄 알았으면 기대에 부흥도 할 겸 맥카시 공작에게 보내 버리는 건데. 갑자기 후회가 몰려드는군."

"난 그만하라고 경고했어요."

"믿든 안 믿든 당신 마음이지만 도착하고 나서 너무 놀라지는 마. 자꾸 놀라면 건강에 좋지 않을 거 같거든."

"정말 끝까지……."

"나중에 사과하기 싫으면 여기까지만 해. 미안해하는 당신 얼굴은 나도 보고 싶지 않으니까."

"……그럼 당신 말이 진정 사실이란 건가요?"

그럴 리가 없다고 여기면서도 확고한 글렌의 태도가 이벨라를 헷갈리게 했다.

그가 무슨 이유로?

자신에 대한 악감정으로 평소 아들이라면 치를 떨던 그였다.

설마 이것도 복수의 한 과정일까?

답을 듣기 위해 이벨라가 몇 번이고 다시 물었지만 이후로 글렌은 침묵을 고수했다. 냉정한 적막감만을 안은 채 그들을 태운 마차가 목적지를 향해 계속 나아갔다.

*　　*　　*

마차가 멈춘 곳은 사면이 **빽빽**하게 나무로 둘러싸인 어느 숲속이었다. 그 숲 한가운데에 장소와는 어울리지 않는 화려한 저택이 모습을 드러냈다. 일행을 기다리고 있었던 듯 환한 횃불이 저택 전체를 밝히고 있었다.

"바닥이 미끄러우니 조심해서 모시게."

라우리아에게 당부의 말을 남기고 글렌이 먼저 마차에서 내렸다. 그의 에스코트를 기대한 것은 아니지만 이벨라는 왠지 모르게 서운했다.

"괜찮아."

그녀가 라우리아의 도움을 사양하고 홀로 마차 밖으로 나갔다.

숲속에서 맞는 겨울의 밤은 훨씬 차가웠다. 살을 에는 듯한 강한 추위에 이벨라가 작게 몸을 떨었다.

"가지."

그녀의 가는 몸을 감싸 주고 싶은 충동을 애써 억누르며 글렌이 앞장서 걸어갔다.

말없이 그를 따르며 이벨라는 저택을 올려다보았다. 힘차게 날갯짓하는 새의 모양이 들보마다 새겨져 있는 것으로 보아 타운젠드 공작가의 별저임을 알 수 있었다. 아마 공작이 여름마다 쉬러 오는 공간이리라.

'훗.'

이벨라는 문득 작금의 상황이 우습다는 생각이 들었다. 자신의 아들이 다른 곳도 아니고 재상의 별장에 머물고 있다니, 이 얼마나 어이없는 경우인가?

일단 확인을 먼저 해 봐야겠지만, 만약 그의 말이 사실이라면 이는 두고두고 사람들의 입에 오르내릴 만한 이야기였다.

"안에 계시느냐?"

글렌이 안내한 곳은 저택에서도 한참 안쪽에 위치한 방이었다. 무기를 소지한 병사 넷과 하녀 둘이 그 앞을 지키고 서 있었다.

"휴식하실 것을 소인이 간청 드렸으나 오늘도 극구 사양하시어……."

울상 짓는 하녀의 말에 글렌은 한숨을 내쉬며 문을 열라 명했다. 병사 둘이 곧 양측으로 갈라져 문을 개방했다.

'후우.'

이벨라는 크게 심호흡하며 조심스레 발걸음을 옮겼다. 돌아가는 사정이야 어떻든지 간에 지금만큼은 진심으로 라테스가 이곳에 있기를 바랐다.

"오셨어요?"

글렌의 등에 가려져 말하는 이의 얼굴이 보이지 않았다. 하나 귓가에 들리는 이 음성을 이벨라는 또렷이 기억하고 있었다. 멈칫했던 그녀가 글렌을 제치고 앞으로 나섰다.

"어, 어머니!"

반가운 은인의 등장에 미소 짓던 레지나가 소스라치게 놀라며 벌떡 일어섰다. 그녀는 자신의 눈을 의심했다. 황궁에 계셔야 할 어머니가 어떻게 이곳에 오신 것인지 그녀는 가늠할 수가 없었다.

"황태후 마마, 오셨습니까?"

비교적 담담한 목소리로 인사하는 이는 근위 기사단장인 윈체스터 백작이었다. 침대 옆에 시립하고 있던 그가 허리를 숙이며 예를 올렸다.

이벨라의 시선이 침상에 누운 아들에게로 향했다. 며느리의 음성을 들은 순간부터 쉴 새 없이 흔들리던 그녀의 눈동자는 이미 부연 눈물로 가득했다.

설마 했었다.

독에 중독되었다는 말을 듣긴 하였지만 그래도 혹시나 싶었다. 무사히 황궁 밖으로 빠져나갔으니 상태가 그리 위중하지는 않을 거라며 스스로를 위로했었다.

그러나 실제로 마주한 아들의 모습은 참담했다.

얼굴은 반쪽이 되어 겨우 알아볼 수 있는 수준이었고, 핏기라고는 눈을 씻고 찾아봐도 찾을 수가 없다. 무엇보다 거무죽죽해진 피부가 아들의 상태가 얼마나 심각한지를 대신 말해주고 있었다.

당장이라도 쓰러질 듯 비척거리며 이벨라가 아들에게로 다가갔다.

"라테스……."

이불 위로 투두둑 눈물이 떨어져 내렸다. 그녀가 떨리는 손길로 더듬더듬 아들의 얼굴과 몸을 살폈었다.

"이 어미가 왔는데도 자고만 있는 것이냐?"

송장처럼 누워만 있는 아들이 야속했다. 이벨라가 원망스럽다는 듯 아들을 흔들어 깨웠다. 하나 의식 없는 황제가 일어날리 만무하다.

아무리 힘을 주어도 반응이 없자 이벨라가 고개를 들어 며느리를 쳐다보았다.

두려움에 찬 그녀의 눈이 물었다. 이게 어찌된 일이냐고. 왜 아들이 깨어나지를 않는 것이냐고.

차마 그녀에게 사실대로 말하지 못하고 레지나는 눈물만 글썽였다.

"……!"

충격으로 이벨라의 신체가 휘청거렸다. 자신을 부축하는 글렌의 손길을 뿌리치며 그녀가 소리쳤다.

"내가 왔다. 어미가 왔어! 허니 눈을 떠 보거라! 어미가 너를 보러 왔단 말이다, 라테스!"

이불까지 걷어내며 그녀가 아들의 몸을 거칠게 흔들었다.

"흑흑, 어머니…… 고정하세요."

레지나가 말렸지만 소용없었다. 이미 이성을 잃은 이벨라에게는 아무 소리도 들리지 않았다. 그녀가 울부짖으며 아들을 깨우고 또 깨웠다.

그 모습이 너무 애처로워 글렌은 더 보고 있을 수가 없었다.

"벨라, 당신 마음을 모르는 건 아니지만 이런다고 달라지지 않아. 당신이 계속 이러면 오히려 환자의 상태만 악화될 뿐이야."

"악화라니요! 내 아들이 아예 죽기라도 바라는 모양이군요!"

"그런 거였으면 당신을 여기로 데려오지도 않았겠지. 일단 진정하고 여기서 나갑시다."

"싫어요! 난 내 아들에게서 한 발자국도 떨어지지 않을 거예요!"

"당신은 아들만 중요하고 며느리는 중요치 않는 건가?"

글렌의 비난에 이벨라가 물기 가득한 눈으로 그를 노려보았다.

"그건 또 무슨 소리죠?"

자세히 보라는 듯 그가 레지나를 가리켰다.

"황후께서 저렇듯 온전히 서 계시긴 해도 아직 몸이 성치 않으셔. 당신 아들을 간호하시겠다고 며칠째 밤잠을 거르며 버티시는 중이거든. 태중의 아기씨가 위험할지도 모르는데 말이야."

"......!"

남편이 사경을 헤매고 있으니 당연한 거 아니냐고 맞받아치려던 그녀였다. 당신은 사랑이라는 걸 모르는 인간이니 평생 이해할 수 없을 거라며 독설을 내뱉으려던 참이었다.

그런데 아기라니?

이벨라가 아연한 표정으로 레지나를 바라보았다.

정말이니?

아가, 네 뱃속에 진정 아기가 들어 있는 것이냐?

그녀의 소리 없는 물음에 레지나가 소중한 것을 감싸기라도 하듯 두 손으로 배를 어루만졌다. 답은 그것으로 충분했다.

"대화가 필요할 것 같으니 자리를 옮기도록 하지. 황후께서도 잠시 시간을 내어 주십시오."

이벨라의 어깨를 감싸며 글렌이 레지나에게 정중히 부탁했다. 놀람이 컸던지 글렌의 손길을 마다하지 않고 이벨라가 멍하니 그를 따라 걸었다.

"다녀올게요."

윈체스터 백작에게 곧 돌아오겠다는 남기고 레지나도 그들을 쫓아 밖으로 나갔다.

어수선하던 실내가 다시금 고요에 잠기며 불규칙한 황제의 숨소리만이 조용하게 울려 퍼졌다.

*   *   *

"몸은 괜찮으냐?"

한차례 울고 난 뒤라서인지 이벨라는 정신이 좀 돌아왔다. 아무리 아들의 상태가 심각하다지만, 여태 며느리에게 안부조차 묻지 않았다는 사실에 그녀는 뒤늦은 미안함이 찾아왔다.

햏쑥해진 얼굴이 그간의 고생을 말하는 것 같아서 이벨라는 마음이 더욱 무거웠다.

"저는 괜찮습니다. 어머님께서야말로 왜 이렇게 야위셨어요. 식사는 제때 하신 건가요?"

"지금 내 걱정을 해 주는 것이냐?"

자기보다 남을 먼저 생각하는 건 여전했다. 이런 착한 며느리를 위해서라도 아들이 어서 깨어나 주어야 할 텐데. 이벨라는 두 손 모아 신에게 기도했다.

"나는 괜찮으니 염려 말거라. 난 나보다 홀몸이 아닌 네가 더 걱정스럽구나."

"아직 배가 부르지도 않은걸요."

"원래 임신이란 초기가 중요하단다. 심신이 편안해야 건강한 아기도 만들어지는 법이지. 그래, 입덧은 없는 것이냐?"

"네, 친정어머니께서 오라버니와 저를 가지셨을 때 입덧이 거의 없으셨다고 하셨거든요. 아무래도 제가 어머니를 닮은 것 같아요."

"난 입덧이 너무 심해서 고생을 많이 했었는데 그것 참 다행이구나. 나중에 사돈께 좋은 걸 물려주셔서 고맙다고 인사라도 전해야겠다."

"어머니께선 어떻게 지내고 계시는지, 혹 알고 계신가요?"

레지나는 지금 자신이 머물고 있는 곳이 어디인지도 알지 못했다. 그저 마차를 타고 온 시간으로 봐서 황도와 그리 멀지 않음을 추측할 뿐이었다.

솔직한 마음으론 타운젠드 백작을 붙잡고 제국의 사정에 대해 캐묻고 싶었다. 그러나 신세를 지고 있는 처지인 데다가, 왠지 그랬다가는 공작을 더 난처하게 만들 것 같아 물을 수가 없었다.

"나도 황궁에 갇혀만 있어서 돌아가는 정황을 듣지 못하였다. 하지만 무탈하실 거라 믿는다. 병마도 이겨내신 분이니 분명 잘 견디고 계실 게다."

"네……."

어머니도 어머니지만, 묘인국으로 건너간 오빠도 레지나는 걱정이었다. 다쳤다는 아사는 어떻게 되었는지, 사신단으로 뒤쫓아 간 라키아 경과는 만났는지, 궁금한 것은 많으나 아는 것이 정말 하나도 없었다.

그저 오빠가 무사히 돌아와서 어서 빨리 폐하를 고쳐 주었으면 하는 게 그녀의 유일한 바람이자 희망이었다.

"그보다 잉태한 지는 얼마나 되었는지 아느냐?"

"치료사님 말씀이 팔 주 정도 된 것 같다고 하셨어요."

"치료사?"

"네, 타운젠드 백작님께서 불러 주신 치료사님 덕분에 폐하께서 많이 좋아지셨어요. 황궁을 막 탈출했을 때에는 지금보다 상태가 더 좋지 않으셨거든요. 저도 같이 진맥을 받다가 회임한 것을 알았습니다. 고마우신 분이에요."

"글렌을…… 타운젠드 백작을 어떻게 만났는지 말해 주겠느냐?"

이벨라의 출현에 적지 않게 놀란 레지나지만 이제는 어느 정도 짐작되는 바가 있었다. 서로를 격식 없이 이름으로 부르는 것만 봐도 과거에 매우 친근한 사이였음을 알 수 있었다.

이벨라의 물음에 기꺼이 고개를 끄덕이며 레지나는 회상에 잠겼다.

*　　　*　　　*

"폐하?"

레지나가 이상한 낌새를 느끼고 정신을 차렸을 땐 이미 늦은 후였다. 방금 전까지 자신을 보며 환한 미소를 짓던 남편의 눈동자가 초점을 잃고 멍해지더니, 급기야 쿵 소리를 내며 의자 아래로 떨어졌다.

"폐하!"

마시던 차를 던지듯 내려놓으며 레지나가 황제에게로 달려갔다. 축 처진 몸의 무게가 버거웠지만 그녀는 겨우겨우 남편을 바로 눕히는 데 성공했다.

"폐하, 정신을 차려 보세요! 제가 안 보이십니까? 폐하!"

애타게 불러도 보고 흔들어도 보았지만 아무런 반응이 없었다. 가슴에 귀를 대어 보니 다행히 심장은 뛰고 있었다. 창백해진 얼굴로 그녀가 소리쳤다.

"밖에 아무도 없느냐! 폐하께서 쓰러지셨다! 어서 치료사를 부르거라!"

덜덜 떨리는 음성으로 레지나가 반복해서 외쳤다. 그런 그녀의 눈에서는 쉴 새 없이 물이 흐르고 있었다. 이를 악물고 울지 않으려 애를 썼지만 도무지 멈춰지지가 않았다.

어릴 적 갑작스레 돌아가신 아버지처럼 라테스가 자신만 남겨 두고 떠나 버릴 것 같아 무서움이 몰아쳤다.

"폐하, 힘드시더라도 조금만 참아 주세요! 곧 치료사가 올 겁니다. 이렇게 가시면 아니 되어요!"

울먹이는 목소리로 레지나가 간청했다.

제발 자신을 위해 살아 달라고.

홀로 남겨 둔 채 가지 말라고.

흘러내리는 눈물을 닦아내며 그녀가 간곡하게 애원했다.

"조안! 조안!"

그런데 무슨 일일까. 꽤 시간이 지났음에도 황제의 전담 시녀인 조안은커녕 그 누구도 나타나지를 않았다. 레지나가 몇 번이고 목청을 높여 고함을 질러댔지만 기묘할 정도로 밖이

고요했다.

담화를 나누기 전 그들이 주위를 물리긴 했어도 이렇게까지 소리를 내는데 와 보지 않는다는 건 이상해도 너무 이상한 일이었다.

레지나는 남편의 머리를 조심스럽게 바닥에 내려놓고 서둘러 몸을 일으켰다. 어찌된 까닭인지 자신이 직접 가 봐야 할 것 같았다.

"……!"

하지만 문고리를 잡고 힘차게 돌린 순간, 그녀의 바람과는 달리 철컹대는 소리만이 날 뿐 문은 꼼짝도 하지 않았다. 손에 힘을 주고 재차 시도하였지만 결과는 마찬가지였다.

레지나는 급히 반대편 문으로 가 보았다. 안 그래도 복잡한 머릿속이 불길함에 더욱 혼란스러워졌지만 그녀는 설마 그럴 리 없다고 여겼다.

이곳은 황궁이다.

감히 누가 이 황궁에서 황제에게 해를 가할 수 있단 말인가?

그것은 천하의 공작들이라도 불가능하다고 레지나는 생각했다.

하나 그녀의 그런 믿음은 순식간에 산산조각이 났다. 남은 하나의 문마저 조금의 미동조차 없었던 것이다. 밖에서 억지로 잠그지 않는 이상 절대 벌어질 수 없는 현상이었다.

황실로 시집을 와 산 이래로 이러한 일은 처음이었다. 레지나의 얼굴이 하얗다 못해 파랗게 질렸다. 오싹한 한기가 등골을 타고 뒷목까지 뻗쳐 왔다.

그녀가 벌벌 떨며 뒤를 돌아보았다. 바닥에 힘없이 누워 있는 남편의 모습이 가시가 박히듯 눈에 들어왔다.

그리고 탁자 위에 덩그러니 놓여 있는 두 개의 찻잔.

레지나가 천천히 탁자로 걸어가 남편의 잔을 내려다보았다. 그 속에는 평소 그녀가 자주 타 주던 홍차 대신, 차갑게 식어버린 녹색 찻물이 반 정도 담겨 있었다.

"추운 겨울을 무사히 나기 위해 건강원에서 폐하께 특별히 올리는 명차(名茶)라고 하옵니다. 여인에게는 해로운 것이 들어 있어 황후 마마께는 올리지 못하는 점 송구하다 전하라 하였습니다."

차를 내온 조안은 분명 그렇게 말했었다.

건강원에서 차를 올리는 것이 별다른 일도 아니었고, 그녀가 손수 기미(氣味)도 하였기에 라테스는 물론 레지나 또한 아무 의심도 하지 못하였다.

독일까?

그 분야의 전문가가 오지 않고서야 어떤 종류의 독인지 레지나가 알 길은 없다.

한 가지 확실한 것은 황제를 음해하기 위해 공작 중 누군가
가 일을 꾸몄다는 것이었다.

지금은 오라비인 리안도, 라키아도, 심지어 럼블리 백작도
황제의 곁에 없다. 그들 딴에는 다시없을 기회였으리라.

분노로 점철된 마음이 눈물이 되어 옷깃을 적셨다. 레지나
는 입술을 앙다물었다. 그녀가 거칠게 물기를 지워내며 닫힌
문을 노려보았다.

'내가 이대로 당할 줄 알고?'

가둬만 두면 얌전히 있을 거라 여겼겠지만 천만의 말씀이
다. 멍청하게 앉아서 당하긴 했어도, 두려움에 떨고만 있는 건
레지나의 체질상 맞지 않았다.

"이럴 때일수록 신중하고 침착해야 해. 레지나, 생각을 하
자!"

잡념이 생길 것 같아 레지나는 의식적으로 남편에게서 등을
돌렸다. 그런 그녀의 손은 습관적으로 목에 건 목걸이의 메달
을 만지작거리고 있었다.

"어떻게든 여길 빠져나가야 하는데……!"

침실을 서성이던 레지나의 두 다리가 어느 순간 멈추었다.
그녀가 벼락이라도 맞은 사람처럼 눈을 희번덕거리며 고개를
숙였다.

"그림자의 춤."

바보 같게도 그간 까맣게 잊고 지냈다. 황실로 시집을 가는

자신에게 걱정이 된다며 오빠가 선물한 아티팩트!

이것에는 현재 그녀에게 가장 필요한 은둔 마법이라는 것이 걸려 있다.

발동을 하면 사람의 눈에 보이지 않는 것은 물론이요, 아무 소리도 흔적도 남지 않아 세상 어디든 숨어 버릴 수 있다는 희대의 물건이 지금 그녀의 손에 있는 것이다.

가끔 오빠가 생각날 때면 차던 목걸이를 오늘 아침 목에 건 것은 그야말로 천운이었다.

'오빤 이런 날을 예상이라도 한 거야?'

언제나 받기만 하던 오빠에게서 또다시 귀한 도움을 받게 되자 레지나는 감정이 북받쳐 올랐다. 어떻게 매번 자신을 이렇게 감동시킬 수 있는지 돌연 리안이 사무치게 그리웠다.

'오빠, 무사한 거지?'

묘인국으로 떠났다는 것만 알지, 이후로 리안에 대한 소식은 아는 바가 전혀 없었다. 그저 별일 없을 거라 스스로를 다독이며 기다렸을 뿐이다.

그런 오빠를 위해서라도 힘을 내야 했다. 오빠라면 필시 제국으로 돌아오는 즉시 자신을 찾을 터. 그때까지만 버티면 폐하께서도 사실 수 있었다. 오빠에겐 치료 마법이 있으니까.

"그래, 정신 바짝 차리자. 폐하는 내가 지켜야 해!"

무섭고 겁이 나지만 지금은 아무도 없었다. 혼자가 아니게 될 날까지 믿고 의지할 수 있는 건 자신뿐이었다.

"폐하! 황후 마마! 괜찮으십니까!"

예고도 없이 문이 벌컥 열린 것은 그때였다. 아까까지만 해도 꿈쩍 않던 문이 부서지듯 열리며 그곳으로부터 윈체스터 백작이 뛰어 들어왔다.

"크리스!"

사막에서 오아시스를 만난 기분이 이럴까. 든든한 아군의 등장에 레지나는 자신도 모르게 비명을 질렀다.

"폐, 폐하!"

멀쩡한 레지나의 모습에 잠시 안도하던 크리스가 이내 라테스를 발견하고 신음을 삼켰다. 그가 쏜살같이 달려와 검을 내려놓고 황제를 살폈다.

"시녀가 내온 차를 마시고 얼마 후에 쓰러지셨어요. 아무래도 차에 독을 탄 것 같습니다."

그가 묻진 않았지만 레지나는 빠르게 상황을 설명했다. 독이라는 단어를 듣는 순간 격노로 몸을 떨던 크리스가 황제를 등에 업으며 비장한 얼굴로 말했다.

"한시라도 빨리 이곳을 벗어나야 합니다. 황후 마마께서는 뒤를 조심하시며 저를 따르십시오."

"다른 근위 기사단들은 없는 건가요?"

"……죄송합니다."

아무리 기습을 당했다고는 하나 제대로 방어조차 하지 못했다. 수하들의 희생이 아니었더라면 크리스는 여기에 올 수도 없었다.

모든 게 그의 불찰이다. 폐하의 안위를 책임지는 근위 기사단의 장(長)으로서 극형이 떨어진다고 해도 할 말이 없다. 사정이야 어떠하든 이런 지경까지 온 것은 분명 그의 책임이었다.

"그런 소리를 듣자고 한 말이 아닙니다. 그저 전 일행의 수를 파악하려고 한 것이에요."

"오늘 지은 죄의 대가는 폐하께서 안전해지시면 그때 달게 받겠습니다. 황후 마마께서도 그때까지만 참아 주십시오. 지금은 시간이 급합니다."

고지식한 사람이니 무슨 말을 해도 듣지 않을 것이다. 레지나는 그의 앞을 가로막으며 목걸이를 들어 보였다.

"잠시만요. 할 얘기가 있어요."

"황후 마마, 지금은……."

"네, 급한 거 알아요. 하지만 이건 꼭 들으셔야 해요. 안 그러면 놀랄 테니까. 이거 보이시죠?"

레지나가 갑자기 목걸이를 보여 주자 크리스가 황당하다는 듯 인상을 찌푸렸다. 그 심정 십분 이해하기에 레지나는 개의치 않고 말을 이었다.

"간단하게 말할게요. 이건 제 오라버니가 주신 그림자의 춤이라는 아티팩트예요. 여기에는 은둔 마법이 걸려 있습니다."

"……!"

"마법이 발동하면 소리도 감춰지고 발자국도 남지 않아요. 보이지 않는 건 두말할 필요도 없고요. 제가 지금 이걸 작동할 거예요. 놀라지 마시라고 먼저 말씀드리는 겁니다."

짧게 설명을 마친 레지나는 숨을 깊게 한 번 들이마셨다. 보기만 했지 실제 사용하는 것이 처음이라선지 두근두근 가슴이 떨렸다.

딸깍.

그녀의 가는 손가락에 의해 레드 다이아몬드가 소리를 내며 옆으로 돌아갔다. 그리고 전처럼 붉은빛과 연기가 새어 나와 그녀의 몸을 서서히 감싸기 시작했다.

"흡!"

크리스가 눈을 비비며 뒤로 물러났다. 바로 앞에서 사람이 사라지고 있으니 놀라울 만도 할 것이다.

레지나는 뜸 들이지 않고 크리스의 등에 업힌 남편의 팔을 손으로 잡았다. 그러자 그녀를 덮고 있던 연기가 라테스를 타고 크리스에게 전이됐다.

"이제 제가 보이시나요?"

다시 나타나는 것도 사라질 때만큼이나 감쪽같았다. 말을 잇지 못하는 그에게 레지나가 부연했다.

"이렇게 서로 닿아 있어야만 마법의 영향을 함께 받을 수 있습니다. 그러니 제게서 떨어지지 않게 주의하세요. 저도 팔을 놓치지 않도록 조심할 테니까요."

"저들에게는 정녕 저희 소리가 들리지 않는 겁니까?"

"네, 모든 소리가 차단된다고 들었어요. 붉은 연기 안에 함께 있는 사람들만이 서로를 볼 수 있고 대화를 주고받는 게 가능하다더군요."

"정말 굉장합니다. 목걸이 하나로 어떻게 이런 일이……."

감탄이나 내뱉고 있을 상황은 아니었으나 놀라운 건 어쩔 수 없었다. 크리스가 신기하다는 듯 그림자의 춤을 내려다봤다.

그때 밖에서 인기척이 들려왔다.

"이쪽입니다!"

크리스를 쫓아온 것인지 무장한 병사와 기사들이 우르르 침실로 몰려왔다. 그들과 부딪치지 않기 위해 둘은 얼른 문 옆으로 비켜섰다.

"없습니다!"

"폐하와 황후 마마께서 사라지셨습니다!"

너른 침실을 뒤지는 그들에게는 당황한 기색이 역력했다.

"윈체스터 백작이 한발 앞선 것 같습니다!"

"망할!"

누군가의 외침에 대장인 듯한 자가 발을 구르며 낮은 욕설을 뱉었다. 공작에게 깨질 걸 생각하니 괴로운 모양이었다.

"가시죠."

마법으로 모습을 가렸다고는 하나 지체해서 좋을 건 없었다. 크리스가 살기 어린 눈으로 한차례 적들을 쏘아본 뒤 앞장 서 걸어갔다.

"헉!"

그를 따라 침실 밖으로 나선 레지나는 낯익은 여인의 모습 에 비명을 삼켰다. 그녀가 그토록 애타게 불렀던 조안이 구석 에 쓰러져 있었던 것이다. 열린 동공이 이미 그녀의 숨이 끊어 졌음을 대신 말해 주었다.

'조안.'

사근사근하지는 않았어도 조용한 성품의 그녀가 레지나는 꽤 마음에 들었었다. 그녀 같은 여인이 폐하 곁을 수발하는 것 이 아내로서 안심이 되고는 했었다.

누구보다 친하게 지내고 싶었던 사람 중 하나였는데, 그럴 기회조차 사라져 버렸다는 사실이 가슴 아팠다. 부디 그녀가 좋은 곳에 갔기를 레지나는 속으로나마 애도했다.

침실 밖의 시신은 비단 조안만이 아니었다. 애초에 황제를 지키던 근위 기사단과 그들을 급습한 공작의 수하들이 전부 급소가 베인 채 죽어 있었다.

전자는 적들의 짓이었고, 후자는 조금 전에 도착한 크리스 의 작품이었다.

단원들에게서 아프게 눈길을 거두는 크리스의 뒤를 레지나 가 슬픈 눈빛으로 뒤따랐다.

그녀의 예상대로 그가 안내한 곳은 황궁 밖과 연결된 비밀

통로였다. 생각보다 멀지 않은 곳에 위치한 통로는 아는 이가 단 네 명뿐이라고 하였다.

굳이 누구냐고 물을 필요도 없었다. 이 넓디넓은 황궁에서 황제인 남편이 믿을 수 있는 자는 그리 많지 않으니까.

"일단 해독을 해야 하니 폐하께서 편히 누우실 수 있는 곳으로 가야겠습니다."

일행은 햇불 하나에 시력을 의지한 채 지하 깊숙한 곳으로 내려갔다. 끝날 것 같지 않던 계단이 사라지고 평지가 나오자 크리스는 급히 무언가를 찾기 시작했다.

비밀 통로는 흡사 복잡한 미로 같아서 길을 잃지 않기 위해선 그의 뒤를 바짝 쫓아 걸어야만 했다.

그렇게 얼마쯤 갔을까.

무성한 거미줄을 치워 가며 도착한 지점에는 허름한 목침대가 하나 놓여 있었다. 그 옆으로는 작은 탁자도 함께 자리하고 있었다.

크리스는 자유로운 한 손으로 침대 위의 먼지를 치우고 조심스럽게 황제를 내려놓았다.

"이게 무슨 소리죠?"

햇불이 켜 있긴 해도 주변 전체를 다 볼 수 있는 건 아니었다. 레지나의 물음에 크리스가 손을 뻗어 어딘가를 비추었다.

"아!"

불빛에 반사되어 빛나는 것은 물이었다. 둥글게 파인 바위

안에 투명하고 맑은 물이 고여 있었다. 밑으로부터 뽀글뽀글 기포가 올라오는 것으로 보아 바닥에서 솟고 있음을 알 수 있었다.

"만일을 대비하여 만들어 놓은 공간입니다. 비상 약과 식량도 구비되어 있으니 얼마간은 버틸 수 있을 겁니다."

크리스의 자신감 서린 말투에 레지나는 다행이라며 속으로 천만번은 되뇌었다. 남편의 곁에 자신만 있는 것이 아니어서 정말 다행이었다.

그러나 그녀의 그런 안심도 얼마 가지 못하였다. 황제의 병세가 나아지기는커녕 갈수록 악화되었기 때문이다.

약상자를 몽땅 뒤져 해독을 시도하였지만 차도는 고사하고 호흡이 점점 거칠어졌다. 안색도 점차 파리해졌고 급기야 피까지 토하였다.

어떠한 독을 썼는지 알지 못하는 이상 그들에게 황제를 치료할 방법은 없었다. 위험을 무릅쓰고서라도 당장 황제를 치료사에게 보여야만 했다.

그리하여 결국 크리스는 황제를 다시 등에 업었다. 레지나는 만일을 대비하여 남편과 자신의 손목을 머리끈으로 동여매었다.

더 이상 그녀에게서 두려움은 찾아볼 수 없었다. 남편에 대한 걱정 탓인지 오로지 치료사를 만나야 한다는 생각만이 레지나의 머릿속에 자리 잡았다.

하지만 무슨 운명의 장난이었을까.

황도 외곽의 작고 작은 치료소를 일부러 찾아간 그들 앞에 거짓말같이 그가 나타났다.

글렌 나이드 폰 타운젠드 백작.

어떻게 이런 외진 장소에서, 그것도 하필이면 맥카시 공작 다음으로 마주치고 싶지 않은 상대를 맞닥뜨린 것인지 레지나 는 현실이 아니라는 착각마저 들었다(파다하게 퍼진 소문 덕분 에 맥카시 공작의 짓임을 알게 되었다).

그와의 대면은 은둔 마법으로 가려진 상태에서도 심장이 덜 컹거리는 일이었다.

하물며 그럴진대 지금은 셋의 모습이 고스란히 드러나 있는 데다가 황제의 해독 치료가 한창이었다. 이왕 발각이 되었다 면 치료부터 마치는 것이 급선무.

차앙!

크리스가 검을 뽑아 들고 황제와 레지나의 앞을 막아섰다. 단칼에 해치운다면 잠시 시간을 벌 수 있었다.

"쉿, 소란 피우지 말게."

막 공격에 들어가던 크리스의 검의 멈칫했다. 소드 마스터 는 아니지만 글렌도 소드 익스퍼트 최상급의 뛰어난 검사였 다. 그런 그가 같이 검을 뽑지는 않고 조용히 하라는 신호를 보내온 것이다.

심지어 그는 등을 보인 채 방금 자신이 들어온 문을 통해 밖의 동태를 살피기까지 하였다.

"우리만 있는 것이 아니네. 맥카시 공작이 여기까지 사람을 보냈어."

주모자의 이름이 거론되자 레지나는 저도 모르게 흠칫 몸을 떨었다. 그것이 안쓰러웠는지 글렌이 덧붙였다.

"안심하십시오, 황후 마마. 이 구역의 약방과 치료소는 저의 가문의 관리하에 있습니다. 제가 있는 이상 저들도 함부로 들어와 살피지는 못할 겁니다."

"……타운젠드 공작가에서 약방과 치료소를 운영하고 있는지는 미처 몰랐군요. 백작께선 우리가 올 줄 알고 일부러 기다리신 건가요?"

"글쎄요. 기다렸다기보다 찾아다녔다고 해야겠습니다. 믿으실지 모르겠지만 오늘 여기서 폐하와 황후 마마를 뵙게 되어 저도 무척 놀랍습니다."

"그렇게 간절히 찾아다니신 연유가 궁금하군요. 혹 맥카시 공작과 거래라도 트실 요량인가요?"

이번 일의 주범은 그가 아니었지만, 그렇다고 그에게 레지나의 감정이 좋을 리 없었다.

"제가 그래야 합니까?"

그의 당돌한 되물음에 레지나가 인상을 쓰자 그가 답했다.

"그저 과거의 잘못을 용서받기 위한 저의 이기적인 마음 때문입니다. 허니 더는 묻지 마시고 저를 따라와 주십시오. 폐하를 안전하게 모실 수 있는 거처를 마련해 두었습니다."

*　　　*　　　*

글렌이 침울한 눈빛으로 침상을 내려다보았다. 언젠가 상상을 해 본 적이 있었다. 그녀가 자신의 아이를 낳는다면 어떤 모습일까.

살짝 위로 올라간 눈, 모양 좋은 코, 다부진 입매.

피처럼 붉은 저 머리칼만 아니라면 당시 그가 상상했던 그대로의 모습이었다. 아들이든 딸이든 그녀를 똑 닮은 자식을 낳고 싶었으니까.

그래서였는지 모르겠다. 그녀보다 아들인 그를 더 미워했던 것은.

커 갈수록 아버지인 전대 황제가 아니라, 이벨라를 닮아 가는 그를 보며 글렌은 하루에도 몇 번씩 질투와 증오심에 불타올랐다. 그에게는 아무런 잘못이 없다는 걸 누구보다 잘 알고 있으면서도 매번 감정 조절에 실패를 하곤 했었다.

솔직히 흔들린 적도 있었다.

다른 사내의 여인이 되어 버린 그녀를 놓아주기는커녕 다시 빼앗고 싶은 욕망에 휩싸이는 자신을 볼 때마다 자괴감이 들었다.

이게 대체 뭐하는 짓일까, 왜 아직도 그녀를 잊지 못하나,

평생을 이런 지옥에서 살아야 하나, 이만 다 끝내자고 스스로에게 말했었다.

하지만 그건 아주 잠깐이었다.

즐겁고 행복했던 그녀와의 추억을 떠올리면 자동으로 그의 마음속에는 다시 괴물이 자리했다. 애정이 컸던 만큼 악감도 번져 가 오로지 그의 머릿속에는 자신을 버리고 떠난 여인에 대한 원망과 미움만이 자리할 뿐이었다.

일이 년도 아니고 이십 년이 넘는 세월을 글렌은 그렇게 살아왔다.

헌데 아니었다.

그녀가 자신을 떠난 것은 맞지만 버린 것은 아니었다. 그것은 그녀에겐 어쩔 수 없는 선택이었다. 가족을 살리기 위해 어린 그녀가 할 수 있는 최선의 용기였던 것이다.

늦게 알아 버린 진실 앞에서 글렌은 그야말로 망연자실했다. 그간 그녀에게 퍼부었던 수많은 폭언들이 생각나 얼굴을 들 수가 없었다.

한동안은 아무것도 할 수가 없었다. 자신에 대한 한심함 때문에 차라리 죽고 싶은 심정이었다. 그녀가 황실로 시집을 가던 22년 전 그때처럼.

"오래전 한 여인을 만났습니다. 황도의 세련되고 화려한 여성에게 익숙했던 제게 다소 촌스럽고 억센 이미지의 여인이었지요. 그러나 그녀의 목소리를 듣고 미소를 마주한 순간 다른 건 아무것도 눈에 들어오지 않았습니다. 그날 이후로 세상의 어떤 무엇보다 그녀가 아름답고 사랑스럽게 느껴졌죠."

침실에는 글렌과 라테스 둘뿐이었다. 의식 없는 황제가 이야기를 들을 리도, 대답을 할 리도 만무하지만 글렌은 멈추지 않았다.

"우린 결혼을 약속했습니다. 만난 시간은 얼마 되지 않았지만 확신이 있었습니다. 그녀라면 평생을 행복하게 살 수 있을 거라 장담했지요."

괴로운 기억이 떠오르기라도 한 듯 그가 미간을 찡그린 채 잠시 말을 멈추었다.

"……하지만 저희 아버지로 인해 그녀는 저를 떠나 다른 사내의 아내가 되었습니다. 그리고 다음 해에 폐하께서 태어나셨지요. 가만히 있다가는 미칠 것 같았습니다. 내 아이의 엄마가 될 거라 여겼던 그녀가 내가 아닌 다른 사내의 아이를 낳았다는 것이 그녀를 잃었을 때보다 더 괴로웠습니다. 그래서 떠났습니다. 가르시아 왕국으로……."

지난날 적국이나 다름없던 가르시아 왕국에 찾아가 국교를 맺고 돌아온 공로로 글렌은 어린 나이에 백작이라는 작위를 받았다.

제국을 위한 용기 있는 행보였다고 다들 앞다투어 칭찬하였지만, 그 이면에는 이러한 나름의 속사정이 자리하고 있었다. 차라리 죽는 게 나았기에 위험한 선택을 했던 것이다.

"그곳에서 돌아오면 그녀를 잊을 수 있을 줄 알았습니다. 그러나 그건 저의 오만이었지요. 시간이 훨씬 지나 다른 여인과 혼인을 하고 자식까지 낳았지만 변하는 것은 없었으니까요. 하핫, 참으로 미련한 사랑 아닙니까?"

자조 섞인 웃음을 내뱉으며 글렌이 물었다. 당연히 답은 없었다. 글렌은 착잡한 심성으로 말을 이었다.

"이젠 내려놓으려 합니다. 수십 년간 붙잡고 있던 것이 단숨에 놓아질지 어떨지 잘은 모르겠지만, 우선은 노력해 볼 생각입니다. 그것이 그녀에게 제가 해 줄 수 있는 마지막 배려인 것 같아서요."

마지막이라는 말 때문이었을까?

글렌은 괜스레 울컥했다. 정녕 자신이 그녀를 떨쳐낼 수 있을지 급격히 자신이 없어졌다.

"벨라…… 아니, 황태후 마마를 모시고 왔습니다. 사람을 보내 놨으니, 칼리스타 백작도 무사히 돌아온다면 이리로 올 것입니다. 그러니 버티십시오. 그만 온다면 폐하께선 건강했던 예전의 모습으로 되돌아가실 수 있습니다. 독에 지지 마십시오. 저에게 대항했듯이 독과 싸워 이겨내십시오. 제가 해 드릴 수 있는 건 이게 다입니다."

더 이상 글렌이 도울 수 있는 건 없었다. 지금까지 한 것만으로도 그의 입장은 충분히 위태로웠다.

완벽주의자인 타운젠드 공작에게 비밀을 숨기기란 아들인

그로서도 어려운 일이었다. 부디 아버지의 귀에 들어가기 전에 칼리스타 백작이 와 주기를 바랄 뿐이다.

"평생을 후회하며 살고 싶지 않습니다. 그러니 제발⋯⋯."

이벨라가 문밖에서 보고 있다는 것도 알지 못한 채, 글렌이 생애 처음으로 황제의 무사함을 간절하게 빌었다.

제6화

암버드
출동!

칠흑같이 캄캄한 밤.

네 마리의 흑마가 이끄는 마차가 무시무시한 속도로 대로를 달렸다. 그 속도가 얼마나 빠른지 주변의 사물이 알아볼 새도 없이 휙휙 지나갔다.

특이한 점이라면 그런 엄청난 속도에서도 마차를 끄는 말이나 마부의 모습이 조금의 흐트러짐도 없다는 것이었다. 그들은 제시간에 맞춰 도착해야 한다는 사명감 때문인지 오로지 앞만 보며 맹렬히 질주했다.

"있잖아, 차이."

바쁘게 움직이는 밖과는 달리 마차의 내부는 무척이나 조용했다. 이제껏 눈치 보느라 그 침묵에 동의했던 켄이 드디어 용기를 내 입을 열었다.

좌석에 기대어 생각에 잠겨 있던 차이가 무슨 일이냐는 듯 눈을 떴다. 길게 늘어진 앞머리 사이로 그의 자주색 눈동자가 어둠을 뚫고 밝게 빛났다.

"나 갑자기 궁금한 게 생겼어. 암버드가 빠를까, 내가 빠를까?"

"……뭐?"

"당연히 내가 빠르겠지 했는데, 타 보니까 이거 장난이 아닌데? 아무리 내가 빨리 날아도 이 정도의 속력을 꾸준히 내기는 힘들 것 같거든. 전에 아이작이 자랑했을 때 속으로 완전 무시했었는데 그럴 게 아니었어. 이거 진짜 빠르다!"

"……"

"너희 아버지께선 어떻게 이런 걸 만드셨지? 정말 대단해! 돌아가시기 전에 한번 뵀어야 하는 건데 아쉽다. 마차는 이거 한 대뿐이야?"

흥분된 목소리로 재잘재잘 떠드는 켄의 얼굴을 차이가 똑바로 마주했다. 그가 아는 한 조인족에게 하늘을 난다는 것은 그들이 가진 전부라고 할 수 있었다.

특히나 녀석은 독수리 일족으로서 강한 체력과 빠른 비행 능력을 언제나 자랑으로 삼아 왔다.

그 말은 곧 무언가 켕기는 것이 있지 않고서야 이렇게 나올 녀석이 아니라는 것이다.

기회만 있으면 인간을 깎아내리기 바빴던 녀석이 난데없이 칭찬 세례라니, 이상해도 한참 이상했다.

"남는 거 있으면 나 하나만 주라. 친구 좋다는 게 뭐냐? 이럴 때 부탁 좀 해야지. 날기 귀찮을 때 종종 애용하면 좋을 것 같아."

"무슨 일이야?"

"엉?"

"아까부터 내 눈치 보고 있잖아. 마음에도 없는 소리 그만하고 할 말 있으면 얼른 해 봐."

'윽.'

켄의 얼굴에 낭패감이 고스란히 드러났다. 본론으로 들어가기 전에 분위기를 좋게 하고자 시도한 것인데 역시나 차이에게는 통하지 않았다.

"그게 말이야……"

"뜸 들이지 말고."

"으응."

잘못한 것도 없으면서 켄은 자꾸만 주눅이 들었다. 리안인지 뭔지가 묘인국으로 떠난 게 그의 뜻도 아니거늘, 어째서 계속 이런 기분이 드는지 정말 죽을 맛이었다.

'켄 모로, 침착하자. 난 잘못하지 않았어. 떳떳하다고. 그 인간을 보기 위해서 묘인국까지 갔다 왔잖아? 난 할 만큼 한

거야. 이러고도 화를 낸다면 그건 차이가 나쁜 거야. 그럼!'

호흡을 가다듬으며 켄이 조심스럽게 입을 열었다.

"아까는 경황이 없어 내가 말하지 못했는데, 차이 네가 잠들었던 동안 나 신경 많이 썼어. 너한테는 부탁 안 들어주겠다고 큰소리쳤지만 모른 척할 수가 없겠더라고. 내가 그 인간 따라 묘인국에 갔다가 부상도 당했다니까? 여기, 여기 봐 봐. 아직 흉터 남았지?"

상처라면 이미 완벽하게 다 나았지만 켄은 일부러 아픈 척 오른쪽 팔을 그에게 보였다.

"세자르에게 들었어. 고생했다면서."

"오오, 세자르가 그래? 그 녀석 어느 틈에 말했지?"

"아까 출발하기 전에."

"그랬구나. 난 그런 줄도 모르고. 그럼 차이 너 나한테 화난 거 아니지?"

"화?"

차이의 미간이 모아졌다. 그가 현재 화가 난 건 사실이지만, 그건 다른 이유에서지 켄과는 전혀 상관이 없었다.

"어, 나한테 봐 달라고 했는데 일이 이렇게 됐잖아. 내 탓이라고 할까 봐 좀 걱정했거든."

"그게 어떻게 네 탓이야? 네가 무슨 잘못을 했다고."

"그치만 내내 아무 말도 안 했잖아. 꼭 화난 사람처럼……."

"그건 머릿속을 좀 정리하느라 그런 거지, 별다른 이유는 없었어. 켄 너답지 않게 왜 그래?"

"그 인간이 너에게 중요한 사람이라며. 그래서 잘 좀 부탁한다고 네가 그랬잖아. 말이 나와서 말인데, 오늘처럼 차이 네가 무섭게 보이기는 처음이었어."

켄의 말투에는 서운함이 잔뜩 배어 있었다. 그 사실을 깨닫자 차이는 뒤늦은 미안함이 들었다.

기실 묘인국으로 떠난 리안의 소식을 들은 이후로는 다른 어떤 것도 생각할 수가 없었다.

맥카시 공작으로 인해 제국이 발칵 뒤집어졌음에도, 황제와 황후가 어디로 사라졌는지 알 수가 없다는데도 오직 그에게는 리안의 생사만이 걱정거리였다.

혹여 다치지는 않으셨는지, 불순한 무리들의 손에 잡혀 계신 것은 아닌지 수만 가지 상상이 떠올라 그를 괴롭혔다. 그래서 정작 수고해 준 친구에게 고맙다는 말도 아직 하지 못했다. 이렇게 한심스러워서야.

"고맙다."

이제라도 차이는 진심을 담아 켄에게 고마움을 표시했다.

"뭐, 뭐야, 갑자기?"

"벌써 했어야 하는데 정신이 없었다. 많이 힘들었지?"

"히, 힘들기는! 그까짓 것쯤이야 나한테 일도 아니지. 거기다 제대로 임무를 완수하지도 못했는걸."

돌연한 칭찬에 켄은 괜스레 얼굴이 붉어졌다. 문신이 있어

가려진다는 게 지금처럼 다행인 적이 없었다.

"너까지 잘못되었으면 아마 난 나를 용서하지 못했을 거다."

한 번도 표현한 적 없지만 차이에게 켄은 특별한 친구였다. 그의 유일한 벗이기도 했고, 그보다 먼저 죽을 걱정을 하지 않아도 되는 편안함을 가진, 여러모로 큰 의미가 되는 녀석이었다.

"무사해서 정말 고맙다."

자신을 향한 차이의 그윽한 눈빛을 켄은 쑥스러워서 더는 쳐다볼 수가 없었다. 언제나 무심하다 욕했었는데, 뭘 잘못 먹었는지 별안간 다른 사람이 되었다.

"너, 너가 아직 잠이 덜 깼구나? 대 독수리 일족의 후계자인 내가 당연히 무사해야지! 내가 이래 봬도 꽤 중요한 위치에 있는 몸이거든!"

어색한 말이 더 튀어나오기 전에 켄은 서둘러 못을 박았다.

"그리고 친구끼리는 원래 고맙다는 말 쓰지 않는 거라더라. 우리 아버지가 그러셨어! 그러니까 이 얘기는 여기서 끝! 알았지?"

"그래."

"피곤해 보이니까 더 말하지 말고 고만 쉬어. 출발하기 전에 세자르가 그랬어. 너 몸이 완전히 회복한 게 아니니까 조심해야 한다고."

겉보기에는 이상이 없지만 실상 차이의 상태는 그리 좋지 않았다. 수면기를 정상적으로 채우지 않고 깨어난 후유증 때문인지 미열이 사라지지 않았고, 몸의 움직임 또한 예전만 못했다. 워낙에 신체가 극한으로 단련되어 있어서 티가 나지 않을 뿐이었다.

"도착하면 깨울 테니까 눈 좀 붙여."

안 그래도 막 다시 등을 기대던 참이었다. 리안에 대한 생각으로 잠이 오지는 않겠지만 이렇게라도 몸을 쉬게 할 필요가 있었다.

온전한 리안의 모습을 떠올리기 위해 차이는 애를 쓰고 또 썼다.

*　　　*　　　*

암버드가 성에 도착하자마자 차이가 뛰어내렸다. 아직 밤이라 확신할 순 없지만 우려와는 달리 성내는 아무 일 없던 것처럼 평온했다.

"돌아볼까요?"

아이작에게 방향을 지시하며 차이가 고개를 끄덕였다. 특별히 감지되는 것은 없다 해도 꼼꼼히 살펴서 나쁠 건 없었다.

"난 위에서 둘러보고 올게!"

하늘로 치솟는 켄을 뒤로하고 차이는 서둘러 성안으로 들어

갔다. 그가 향한 곳은 곤히 잠든 알만의 방이었다.

"깨어 있었나?"

반갑게도 차이가 방문을 열었을 땐 알만이 막 몸을 일으키고 있었다. 일부러 깨워야 하는 수고스러움을 면하게 해 주어서 한편으론 고맙기도 했다.

"헛, 크라우저 후작님 아니십니까? 말발굽 소리를 들은 것 같아 확인할 겸 일어났는데, 후작님께서 오시는 소리였나 봅니다."

"자는 데 방해하지 않으려고 조용히 한다고 했는데 시끄러웠던 모양이군."

"아닙니다, 그런 건. 그저 나이가 들어 잠귀가 밝아진 것이지요. 그보다 수면기는 이제 끝나신 겁니까?"

급작스러운 차이의 방문에 잠시 놀라긴 했지만 알만은 노련한 집사였다. 그가 잠옷 차림인 것에 양해를 구하며 차이에게 앉기를 권했다.

"일단은 그러하네. 어찌 되었든 올해엔 다시 잠들지 않을 테니까."

"무사하신 모습을 보게 되어 다행입니다. 일전에 성을 떠나실 땐 많이 걱정했었습니다."

한겨울에 실내가 뜨거워질 정도로 엄청난 열기를 발산했던 차이였다. 전처럼 멀쩡해진 차이의 모습이 알만은 정말로 반가웠다.

"그땐 내가 좀 경솔했지. 이제 다시는 그럴 일 없을 것이
네."

"네, 그러셔야죠."

인사말은 이쯤으로 충분했다. 차이는 바로 본론으로 들어갔
다.

"내가 없는 사이 리안 님이 묘인국으로 떠나셨다는 말을 들
었네. 아직 아무 소식 없는 것인가?"

"아, 그러고 보니 아직 모르시겠군요. 영주님이라면 염려하
지 마십시오. 이미 돌아오셨습니다."

"뭐? 그게 정말인가? 언제! 언제 돌아오셨나? 아니, 지금 어
디에 계신가?"

생각지도 못한 희소식에 차이의 가슴이 두방망이질 쳤다.
한 줄 소식이라도 들으면 좋겠다는 심정으로 달려온 것인데,
진즉에 돌아오셨다니! 그간의 체증이 단박에 쑥 내려가는 느
낌이었다.

"저, 그것이······ 현재 어디에 계신지는 제가 알 수가 없습
니다. 폐하와 황후 마마를 찾기 위해 거처 없이 이곳저곳을 오
가고 계셔서 말입니다."

"그래도 대략적인 위치가 있을 것 아닌가? 황도 근처라든가
하는. 언제 다시 방문하겠다는 말씀은 없으셨는가?"

워프 게이트가 있으니 리안이 마음만 먹는다면 오는 것은
순식간이었다. 차이가 그 점을 꼬집자 알만이 무릎을 치며 말

했다.

"아이구, 이 말씀도 미처 드리지 못했군요. 영주님께서 그 사이 8서클의 마법사가 되셨습니다. 그래서 더 이상은 워프 게이트를 사용하지 않고 계십니다."

"……8서클?"

리안이 돌아왔다는 것만큼이나 깜짝 놀랄 얘기였다.

"네, 게이트가 없이도 이제 워프 마법이 가능하시기 때문에 계신 곳을 가늠하기가 더욱 힘이 듭니다."

차이가 수면기에 들기 전만 해도 6서클의 마법사였다. 한데 어느새 8서클에 오르셨다니?

'리안 님!'

직접 만나면 더 실감이 나겠지만 차이는 말만 들어도 찌르르한 전율이 흘렀다.

물론 마법의 경지가 낮건 높건 간에 리안에 대한 차이의 충성심에는 변함이 없다.

하나 가디언의 숙명을 지니고 태어난 차이에게는 리안이 가진 드래곤의 향이 짙어질수록 그에 공감하고 동화되는 감정의 폭이 더욱 깊어질 수밖에 없었다.

한껏 들뜬 표정으로 차이가 일어섰다.

"설마 가시려는 것입니까?"

"이대로 가만히 기다리고 있을 수만은 없으니까."

"하지만 가신 곳을 모르니 차라리 기다리시는 게 낫지 않을까요? 그러다 엇갈리시기라도 하면……"

"먼저 물어보고 결정할 생각이네."

"네?"

어리둥절해하는 알만에게 따라오라는 듯 차이가 손짓했다. 영문은 알 수 없으나 알만은 서둘러 외투를 걸치고 총총히 뒤따랐다.

그들이 도착한 곳은 암버드가 세워진 곳이었다. 그곳에는 순찰을 마친 아이작과 켄이 차이를 기다리고 있었다.

"안녕하세요, 집사님. 또 뵙네요."

"네, 안녕하세…… 헙!"

아이작의 인사에 무심코 답을 하던 알만의 발걸음이 켄을 발견한 순간 멈칫했다. 독특한 생김새에 먼저 눈이 갔다가 뒤늦게 종아리 아랫부분을 보고나서야 비로소 상대의 정체를 알아본 것이다.

얼굴을 뒤덮은 문신과 붉은색 눈동자로 인해 오싹 소름이 돋았다면(밤에 보니 특히 더 무섭다), 발을 보고 나서는 오금이 저렸다.

크기도 크기지만, 바닥을 찍고 있는 네 개의 발톱이 어찌나 뾰족하고 날카로운지 스치기만 해도 그대로 저승길로 가야 할 것 같았다.

여태껏 살아오면서 스스로를 대범하다 여겼는데 그렇지만도 않은 듯했다.

"내 친구일세. 이름은 켄이고 보시다시피 조인족이지."

"안녕."

차이의 소개에 켄이 씨익 웃으며 한 손을 흔들었다. 속으로는 여전히 두려웠지만 알만은 아사에게 했듯 켄에게 깍듯이 인사했다.

"이상 없었지?"

"응, 깨끗해."

"저도요."

"좋아, 그럼 녀석을 불러야겠군."

"녀석이라니? 누구?"

켄의 물음에 답은 않고 차이가 뜬금없이 눈을 감았다. 그에 켄이 불평하려는 찰나, 차이의 입에서 평소와 다른 언어가 흘러나왔다.

"$\theta\alpha\sigma\delta\psi$."

생소하나 언제고 들어 봤던 그 소리는 차이가 '그녀'를 부를 때 내는 공명의 음이었다.

"걔는 갑자기 왜 부르는 거야?"

아직 주인공은 나타나지도 않았는데 켄의 얼굴에는 벌써부터 불만이 가득했다. 백 년을 알아 왔지만 그녀를 만나 좋았던 기억이 켄은 전무했다.

"또 완전 시끌시끌해지겠군."

그의 투덜거림이 끝난 그 순간이었다.

"켄 님, 지금 그거 저보고 하시는 말씀인가요?"

마치 허공에 금가루라도 뿌린 것처럼 한 줄기 불빛이 분출하였다가 사라졌다. 그리고 그 자리에 손바닥만 한 크기의 작고 아름다운 소녀가 긴 머리칼을 휘날리며 등장했다.

커다란 자주색 눈동자에 탐스러운 붉은 머릿결을 흩날리며, 등에는 네 장의 날개를 달고 있는 인형 같은 외모의 소녀.

그녀는 차이의 수하이자 자수정의 요정인 '하디' 였다.

"저보다 시끄러우신 건 켄 님 아니었나요?"

그녀가 허리에 손을 얹은 채 앙칼진 눈빛으로 켄을 노려보았다.

"……왔냐?"

경험상 이럴 땐 말을 섞지 않는 게 이로웠다. 은근슬쩍 그녀의 시선을 회피하며 켄이 떨떠름하게 인사했다.

"네, 주인님께서 부르셔서요."

따져 묻고 싶은 것이 많았으나 하디는 일단 예의 바른 요정답게 문안부터 챙기기로 했다. 그녀가 뒤돌아서며 드레스 자락을 펼쳤다.

"주인님, 하디 도착했습니다. 무슨 일로 부르셨나요?"

켄을 대할 때와는 전혀 다른 음색과 표정이었다. 자줏빛 눈동자를 깜박이며 방싯방싯 웃는 모습이 깨물어 주고 싶을 만큼 귀여웠다.

"하디의 도움이 필요해."

"어맛, 도움이요? 주인님께서 제 도움이 필요하실 때도 있으세요?"

감격한 나머지 두 손을 맞잡은 채 하디가 부들부들 떨었다. 가식덩어리라며 켄이 중얼거렸지만, 밀려오는 벅찬 감동으로 인해 그녀는 미처 눈치채지 못했다.

"이곳에서의 일이 궁금해서."

"아하, 흔적을 읽어 달라는 말씀이시군요?"

"응, 가능하지?"

"그럼요! 제 전공인 걸요! 지금 당장 시작할까요?"

수십 년 만에 차이가 하는 부탁이었다. 신이 난 하디가 빛가루를 뿌리며 허공을 뱅글뱅글 돌았다.

"하디."

말리지 않으면 아침까지 계속 이럴 것이다. 차이의 낮은 음성에 하디가 곧 정신을 차리고 날갯짓을 멈췄다.

"앗, 죄송요. 너무 기쁜 나머지…… 어느 것의 흔적을 읽길 원하시나요?"

"여기. 지금 내가 서 있는 땅."

"좋은 선택이십니다. 흔적은 살아 있는 자연이 더 오래 기억하는 법이지요. 네, 주인님. 그럼 하디 명 따르겠습니다!"

멋진 공중회전을 선보이고는 하디가 지면에 사뿐히 착지했다. 그녀가 지나간 자리마다 불빛 궤적이 잠시지만 허공을 수놓았다.

"후읍."

온 신경을 대지에 집중하며 하디가 숨을 가다듬었다. 눈을 감고 얌전히 안착해 있는 모습이 어쩐지 어색하고 어울리지 않았다.

그렇게 얼마나 지났을까.

잔잔한 수면처럼 고요하던 하디의 붉은 머리칼이 바람에 날리듯 하늘로 솟구쳤다. 동시에 자줏빛 색채가 그녀의 발밑을 시작으로 원을 그리며 사방으로 번져 나갔다.

차이의 신체가 움찔거린 것도 그때였다. 다른 이들에게는 보이지 않으나 그는 다르다.

주종의 관계로서 하디와 공명의 추를 공유하고 있는 차이에겐 하디가 보고 있는 것과 같은 영상이 똑같이 머릿속을 지나고 있었다.

빠르게 지나치는 화면들은 거슬러 올라갈수록 점차 단편적으로 변해 갔다.

"멈춰."

차이는 모든 것을 알고 싶었다. 그가 하디에게 흔적의 재생을 명령한 시점은 그가 수면기를 맞으며 성을 떠나는 장면이었다.

"여기서부터 천천히."

오래된 것일수록 연속적이지 않고 띄엄띄엄했지만 하디는 최선을 다했다. 대지가 간직한 기억들이 서서히 차이에게로

흡수되었다.

　콰앙!
　사색이 된 얼굴로 리안이 뛰쳐나왔다. 땅조차 꽁꽁 얼어붙
은 강추위에 얇은 카디건 하나만 걸친 채 그가 창고를 향해
정신없이 뛰었다.
　"영주님! 영주님!"
　알만이 소리치며 뒤쫓았지만 리안은 돌아보지 않았다.
　"아사, 포기하지 마. 제발."
　워프 게이트에 몸을 싣기 전까지 리안은 온통 아사만을 찾
았다. 바람결에 익숙한 소리가 들려 시선을 돌리니 검은 독
수리 한 마리가 나무 꼭대기에 앉아 밑을 주시하고 있었다.

　시간이 훌쩍 지나 모레츠와 아이언 기사단의 모습이 비쳤
다. 사람들을 모아 놓고 협박과 폭력을 일삼는 그들의 행태
에 차이의 몸이 부르르 떨렸다.
　그만 성에 머물고 있었더라도 일어나지 않았을 일이었다.
잊고 있던 수면기에 대한 원망이 다시금 차이의 속을 긁었
다.

　그러나 잠시 후, 리안이 나타난 순간 그러한 생각은 모조
리 사라졌다. 황금색 광채를 뿜내며 성내로 들어서는 리안은

성스럽기까지 하였다.

'어디에 계신 겁니까.'

리안의 변화를 보고 나니 한시라도 빨리 찾아가 만나고 싶었다. 그의 온전함을 눈으로 직접 확인하고 싶었다. 그래야지만 불안한 이 가슴이 진정될 것 같았다.

'응?'

몇 가지 기억이 지나가고 성에 웬 사내가 방문했다. 회색 모자를 눌러쓰고 온몸을 검은색 코트로 감싸고 있지만 차이는 단박에 사내를 알아봤다.

'저자가 어째서?'

젊은 하인이 안으로 들어오라 청했지만, 사내가 고개를 저으며 품에서 두루마리를 꺼내 하인에게 넘겼다.

붉은색 천으로 꽁꽁 묶은 것이 척 봐도 중요한 용무를 전달하는 서신이었다.

"칼리스타 백작님께 전하시오. 매우 중한 것이니 돌아오시는 즉시 보여야 할 것이오. 반드시 칼리스타 백작님께만 전해야 한다는 거 명심하길 바라오."

그렇지 않으면 엄청난 재앙이 있을 거란 말로 하인에게 겁을 준 뒤 사내가 빠르게 왔던 길로 되돌아갔다.

"지, 집사님! 알만 집사님!"

사내의 경고가 제대로 먹힌 듯 하인이 어디론가 부리나케 달려갔다.

"하디, 그만."

아직 재생이 끝나지 않았지만 이것으로 충분했다. 방금 전의 기억은 리안이 성을 떠나고 난 후의 일이었다.

누가 보낸 것인지 짐작이 가는 이상 서찰을 먼저 확인하는 것이 순서였다.

"알만, 최근에 리안 님 앞으로 서신이 한 통 왔을 거네. 두루마리로 된 것인데 혹시 기억하나?"

"아, 네. 그거라면 바로 어제 받았습니다."

조인족에 이어 정체 모를 소녀까지 등장하는 바람에 알만은 꽤 혼란스러운 와중이었다. 이제 막 도착한 차이가 서찰에 대해 어찌 알고 있는 것인지 알만은 영 정리가 안 되었다.

"그걸 좀 봐야겠네. 어디에 있지?"

"영주님의 집무실에 가져다 놓았습니다만, 후작님께 먼저 보여 드리기가……."

"아네. 리안 님께 온 것이니 내가 보는 것은 예의가 아니지. 하나 서찰을 전한 자가 마음에 걸려 내가 확인을 꼭 해 봐야겠네."

"겉에 아무것도 쓰여 있지 않아 발신자를 알 수가 없었습니다. 혹 서신을 갖고 온 자를 후작님께서 아시는 겁니까?"

끄덕.

"아주 예전에 본 적이 있지. 타운젠드 공작가에서."

"타, 타운젠드 공작가요?"

지금은 전시 상황이나 마찬가지였다. 비록 그 상대가 타운젠드 공작 측은 아니지만 머지않아 어떻게 바뀔지 모르는 일이다.

차이는 주인인 리안이 누구보다 믿고 의지하시는 분. 알만은 더 이상 망설이지 않고 차이를 리안의 집무실로 안내했다.

"이겁니다."

알만이 서랍 속에서 두루마리를 꺼내 차이에게 건넸다. 고맙다는 말을 할 겨를도 없이 차이는 서둘러 끈의 매듭을 풀고 서신을 펼쳤다.

"이건!"

"무슨 일이십니까?"

알만이 급히 옆으로 다가와 내용을 살폈다. 아닌 줄 알면서도 리안에게 일이 생긴 것은 아닌지 순간 덜컹했다.

"엑?"

그러나 다음 순간 알만은 인상을 찌푸렸다. 오십 평생을 집사로 살면서 많은 서찰을 받아 왔지만 태어나 생전 처음 보는 글자였던 것이다.

"이게 어느 나라 글자입니까?"

대륙의 모든 언어를 아는 것은 아니었지만 알만은 적잖이 당황스러웠다.

"글자가 아니네."

"예?"

글자가 아니면 이게 무어란 말인가?

이상함에 알만이 물으려는 찰나 차이가 말했다.

"암어. 이건 타운젠드 공작가에서만 쓰는 비밀스러운 암호이네."

두루마리의 끝으로 내려갈수록 차이의 표정이 심각해졌다. 그의 드러난 검은 눈동자에 언뜻 갈등의 빛이 스쳐 지나갔다.

알만이 기이한 눈으로 차이를 올려다보았다.

"암어라고 하시면서 지금 읽으시는 겁니까?"

"규칙만 찾으면 의외로 이런 건 간단하다네."

차이가 편지를 알만에게 다시 넘겼다.

"뭐라고 쓰여 있던가요? 영주님께 해가 되는 내용은 없었습니까?"

"그건 아직 모르겠네. 사실일지 함정일지 아직 파악을 할 수가 없어서."

"함정이라니요? 대체 뭐라 쓰여 있기에 그리 말씀하시는 겁니까?"

함정이라는 말만 들어도 알만은 가슴이 쪼그라들었다. 그가 표현을 안 해서 그렇지, 레지나에 대한 걱정만으로도 하루하루 목이 마른 그였다. 리안에게까지 안 좋은 일이 생긴다면 그는 남은 인생을 살 자신이 없었다.

"찾았으니 오라는군."

"무엇을 말입니까?"

"황제와 황후. 두 분을 모시고 있으니 와서 데려가라는 전 갈일세."

"……그, 그게 무슨!"

말이 안 됐다. 무사한 아가씨의 소식은 백 번 천 번 감사한 일이지만, 타운젠드 그 네 글자가 알만은 걸렸다.

"글렌, 타운젠드 공작의 아들이 보낸 것이네."

평소 아버지인 공작보다도 황제를 미워했던 자였다. 그 이 유가 무엇 때문인지 모르지는 않으나, 별안간 왜 마음을 바꾼 것인지 의심스러웠다.

째깍째깍, 시계가 돌아갔다.

의외에 상황에 고민은 좀 길었지만 결정한 이상 신속하게 움직여야 한다. 차이가 알만에게 몇 가지 당부를 남기고는 집 무실을 나섰다.

"다시 출발한다."

마차에 기대어 있던 아이작이 곧장 마부석에 올랐다.

"이번엔 어디로 가는데?"

켄이 차이의 뒤를 따라 마차에 오르며 물었다.

"주인님, 하디도 따라갈래요!"

윙 소리를 내며 하디가 차이의 어깨로 내려앉았다. 그가 아 이작에게 명령했다.

"목적지는 뱀부. 최대한 빠르게 이동할 것."

"뱀부라면 황도 바로 옆이네? 리안이란 인간이 거기에 있대?"

그랬으면 좋겠지만 불행히도 그렇지 못했다. 차이가 고개를 젓자 켄의 눈이 동그래졌다.

"근데 왜 가? 너 그 인간 만나야 한다며."

"먼저 할 일이 생겼어."

"할 일?"

아까까지만 해도 차이의 최우선 과제는 리안이라는 인간을 만나는 것이었다. 할 일이라는 게 뭔지는 몰라도 켄은 갑자기 기분이 좋아졌다.

"출발하겠습니다!"

아이작의 외침이 떨어지기가 무섭게 공간 전체가 흔들렸다. 잠깐 사이에 체력을 회복한 듯 암버드의 속도가 훨씬 빨라진 느낌이었다.

차이는 창문 밖으로 멀어지는 리안의 성을 감상했다. 어느덧 밤이 지나고 동쪽 하늘에서 새벽이 밝아오고 있었다.

제7화

신의 은총

도저히 오지 않는 잠을 자기 위해 글렌은 독한 술을 연거푸 들이켰다. 빈속에 술이 들어가니 위가 뒤틀릴 것 같았지만 차라리 아픈 것이 나았다. 그래야 생각을 덜 하게 될 테니까.

"젠장!"

평소엔 한 잔이면 충분했었는데 오늘은 날이 날인 만큼 한 병으로도 부족했다. 아쉬움에 술병을 거꾸로 들어 탈탈 털어 보았지만 술은 한 방울도 떨어지지 않았다.

"후우."

고심 끝에 글렌은 몸을 일으켰다. 응접실에 가면 어제 마시던 술이 조금은 남아 있을 것이다. 문을 열고 똑바로 걸어 나가 남은 술을 가져오면 된다. 절대로 건너편 문을 열어서는 안 된다.

마치 스스로에게 세뇌를 걸듯 글렌은 속으로 다짐하고 또 다짐하며 문고리를 돌렸다.

하나 복도로 발을 내디딘 순간 글렌은 망설였다. 문 너머에 이벨라가 잠들어 있다는 사실이 그로 하여금 자꾸만 다른 생각을 품게 하였다.

그녀에겐 말하지 않았으나 그는 내일 아침 일찍 떠날 생각이었다. 오래도록 보이지 않으면 아버지께서 찾으실 것이고, 그러다 보면 그가 한 일들이 드러날 수 있기 때문이다.

언제까지 아버지를 속일 순 없겠지만 지금 필요한 것은 시간이었다.

그 시간 안에 칼리스타 백작만 돌아온다면 모든 것이 제자리를 찾을 수 있다. 자신을 뺀 모든 것이.

'벨라.'

글렌의 눈빛이 젖어들었다. 역시 이곳에서 밤을 보내는 것은 무리였다. 한 번은 더 보고 싶은 욕심에 그러한 결정을 내린 것인데 후회가 밀려들었다.

'과연 내가 떠날 수 있을까? 이곳에 그녀를 두고?'

애써 그녀의 방문에서 시선을 거두고 글렌은 응접실로 향했다. 발걸음이 무거웠지만 아직 이성은 남아 있었다. 진정 다행스러운 일이었다.

술병은 창가 옆 진열대에 가지런히 놓여 있었다. 술의 기운을 한시라도 빨리 얻어야 했기에 글렌은 서둘러 술병으로 다가가 손을 뻗었다.

휘이잉.

그때 바람 소리와 함께 커튼이 휘날렸다. 누군지 몰라도 창문 닫는 것을 깜박한 듯했다. 글렌은 별생각 없이 창을 닫기 위해 술병을 내려놓았다.

"……!"

이상한 기분이 든 것은 그때였다. 돌연 등줄기가 싸해지며 머리털이 쭈뼛 곤두섰다.

"누구냐!"

아무리 술에 취했다고는 하나 그도 소드 익스퍼트 최상급의 경지에 오른 몸이었다. 글렌이 획 돌아서며 허공을 향해 일갈했다.

"큽!"

반응의 속도는 굉장히 신속했다. 대답 대신 날카로운 검 하나가 그의 목에 겨누어졌다.

발검 소리로 보아 글렌보다 상승의 실력자였다. 긴장된 그의 고개가 천천히 옆으로 돌아갔다.

"자네……!"

글렌의 두 눈에 놀라움이 번졌다가 이내 반가움으로 물들었다. 전혀 예상치 못한 방문이었지만, 눈앞의 사내는 그가 누구보다 기다렸던 자이기도 했다.

"무사히 돌아왔군. 그간 안녕하였나?"

"그래 보이십니까?"

"훗, 삐딱한 그 말투 참으로 오랜만이군. 혹시 내가 환상을 보는 것이면 어쩌나 했는데, 라키아 경 자네가 정말 맞는 모양이야."

라키아를 마주하는 글렌의 눈길이 더없이 흡족하게 빛났다.

"이거 꽤 어색하군요. 백작님께서 저를 이리도 반겨 주시다니, 못 올 데를 온 기분입니다."

"내가 얼마나 자네를 기다렸는지 알면 놀라서 쓰러질 것이네. 허니 이제 그만 이것 좀 치워 주지 않겠는가?"

라키아가 조금만 힘을 준다면 충분히 목을 긋고도 남을 상황이었다.

"그러지요."

잠깐 고민하는 듯했으나 라키아는 일단 검을 내려놓았다.

"고맙네."

한 걸음 뒤로 물러나며 글렌이 굳었던 목을 풀었다.

"한데 자네 혼자 온 것인가?"

"저 말고 누굴 또 기다리고 계셨습니까?"

"당연히 칼리스타 백작을 기다리고 있었네. 내가 서찰을 보내지 않았나?"

"서찰이라니요? 무슨 서찰 말입니까?"

"내가 보낸 서찰을 받고 이곳에 온 게 아니란 말인가? 그럼 여긴 어떻게 알고 온 것인가?"

라키아를 보자마자 서찰이 무사히 전해졌구나 싶어 안심하던 백작이었다. 편지의 수신인은 칼리스타 백작이었으나, 라키아와 함께 온 것이라 여겼던 것이다.

"제게 서찰을 보내셨습니까?"

별안간 어두웠던 실내가 환하게 밝아졌다. 글렌이 그토록 기다렸던 리안의 등장이었다.

"칼리스타 백작! 이게 대체 얼마 만인가! 그간 어디에 있었던 것이야!"

마치 오랜 시간 헤어졌던 가족을 상봉하기라도 한 듯 그가 열정적으로 리안을 맞았다. 거짓이라곤 전혀 느껴지지 않는 그 모습에 리안은 물론이고 라키아는 꽤 당혹스러웠다.

"제가 묘인국에 간 걸 알고 계신 줄 알았습니다만……."

"묘인국에 갔었던 것인가? 아, 그러면 라키아 경 자네가 그래서 사신으로 갔었던 게로군!"

"네, 저를 찾으러 온 것입니다."

"어쩐지 제국 내에서 자네의 그림자가 코빼기도 비치지 않아 의아했었네."

"이곳에서의 일…… 타운젠드 공작님도 아십니까?"

리안의 갑작스러운 질문에 글렌의 얼굴에서 반가운 기색이 싹 사라졌다. 아버지에 대한 얘기가 나오자 그의 몸 전체가 팽

팽하게 굳었다.

대답은 그것으로 충분했다. 이유는 몰라도 타운젠드 백작,
그가 폐하와 레지나를 돌보고 있었다. 그리고 이제는 황태후
마마까지.

마차의 흔적을 좇아 여기까지 왔을 때 리안이 제일 처음 느
낀 것은 부자연스러움이었다.

타운젠드 공작의 별저에 황제가 숨어 있을 거라고 그 누가
생각할 수 있겠는가?

혹시 감금을 당한 게 아닌가 싶어 기척을 숨기고 살펴보았
으나 오히려 이들은 황제를 지키고 있었다. 그것도 글렌의 지
시 하에 말이다.

공작이 시킨 일은 아니라는 확신 하에 물은 것이었다. 정황
으로 보아 그가 보냈다는 서찰에는 아마도 이곳 사정에 대해
적혀 있을 것이다.

그에게 라키아가 검을 겨눈 것은 일종의 시험이었다. 만일
그가 지금과 다른 태도를 취했다면, 결코 라키아의 검이 그냥
거두어지지는 않았으리라.

"리안."

"응."

확인은 끝났다. 자세한 이야기는 나중으로 미루고 우선은
해야 할 일들이 있었다.

"이쪽으로."

리안과 라키아 간에 오가는 눈빛을 보고 글렌은 상황을 파악했다. 그가 서둘러 황제가 머물고 있는 방으로 그들을 안내했다.

*   *   *

야심한 시각, 저택의 곳곳에 불이 켜졌다. 소식을 들은 레지나가 황제의 처소로 한달음에 달려왔다.

"오빠!"

리안을 발견한 레지나의 푸른색 눈동자에 습기가 차올랐다. 직접 보기 전에는 믿을 수 없다 여겼다. 하지만 보고 있는데도 믿기지 않는 건 마찬가지다.

정녕 자신의 오빠가 맞는지, 이젠 폐하께서 사실 수 있는 것인지, 그토록 바라 왔건만 막상 닥치자 하나도 실감이 나지 않았다.

"미안. 내가 너무 늦었지?"

잘못한 게 없으면서도 사과를 하는 걸 보니 오빠가 틀림없었다. 그제야 안도감이 들면서 레지나는 그만 참고 있던 울음을 터뜨렸다.

"레지나."

리안은 얼른 다가가 그런 동생을 품에 안았다. 오늘따라 유독 레지나의 어깨가 더 작게 느껴졌다.

"이제 걱정하지 마. 오빠가 왔잖아."

"나는…… 나는…… 오빠랑 폐하가 다 잘못될까 봐…… 흑흑……."

"잘못되긴 왜 잘못돼. 날 그렇게 못 믿어?"

"믿어. 그치만 오빠도 사람이니깐……."

"이 오빠가 그래도 사람처럼 보이기는 하나 보지?"

훌쩍이며 말하는 레지나의 모습이 리안은 안쓰러우면서도 귀여웠다. 다 자란 줄 알았는데 이럴 때 보면 아직 영락없는 십 대 소녀였다.

"흡흡, 그게 무슨 소리야?"

"오빠 몸에서 빛이 나잖아. 안 이상해?"

"빛? 헛, 정말이네!"

뒤늦게 깨달은 사실에 레지나가 기함하며 눈물을 훔쳤다. 바뀐 것은 그것만이 아니었다. 머리도 많이 자란 데다가 눈동자가 황금색으로 변해 있었다.

"오빠, 괜찮은 거야?"

"응, 어쩌다 보니 이렇게 되었어. 몸은 전보다 더 좋아졌으니까 걱정할 필요도 없고."

갑자기 눈동자 색이 바뀌고 몸에서 발광(發光) 현상이 일어나는 것이 단순한 일은 아니었다.

하지만 리안이 마법을 부릴 때 금안으로 변한다는 것을 레지나는 알고 있다. 나중에 자세히 들어 봐야 하겠지만 리안의 변화가 마법 때문임을 레지나는 홀로 짐작했다.

"오, 아기네스여! 감사합니다!"

남매의 포옹이 끝이 날 무렵, 환성에 들뜬 이벨라의 목소리가 들려왔다. 그녀가 리안과 라키아를 발견하고는 눈을 감고 잠시 기도를 올렸다.

"황태후 마마를 뵈옵니다."

"이제야 찾아뵙게 되어 송구합니다."

리안과 라키아가 이벨라를 향해 서둘러 예를 갖추었다. 그녀가 손을 저으며 둘에게 걸어왔다.

"아닙니다, 아니에요. 이렇게 무사히 와 준 것만으로도 내가 얼마나 감사한지 두 분은 모를 거예요."

"이제 걱정 놓으십시오. 폐하께서도 곧 일어나실 겁니다."

"벌써 치료를 마친 건가요?"

라테스는 이벨라가 처음 보았던 그대로의 모습으로 침대에 잠들어 있었다. 달라진 점이라면 안색이 많이 좋아졌고, 이불 밖으로 드러난 손가락에 낯선 반지 하나가 끼워져 있다는 것이었다.

척 보기에도 값비싼 상급의 루비가 박힌 반지였는데, 정사각형으로 다듬어진 붉은 빛깔의 루비가 중앙을 차지하고, 그 주변을 정교하게 세공된 다이아몬드가 둘러싸고 있었다.

"아닙니다, 황태후 마마. 이제 막 시작하려던 참이었습니다."

"아, 그래요? 내가 방해를 했나 보군요."

"그렇지는 않습니다. 허락하신다면 지금 바로 치료에 들어 갈까 합니다."

"난 신경 쓰지 말아요. 여기서 조용히 있겠습니다."

아들의 생사가 달린 일이었다. 리안의 청에 이벨라가 즉시 뒤로 물러났다.

"오빠……."

긴 말은 없었지만 레지나가 무슨 말을 하고픈지 리안은 알고도 남았다. 그가 걱정 말라는 듯 동생을 향해 싱긋 웃어 보였다.

고개를 끄덕이며 레지나가 이벨라의 옆으로 가 섰다. 그녀들은 누가 먼저랄 것도 없이 서로의 손을 꼭 쥐고 마음속으로나마 열심히 리안을 응원했다.

"수고해라."

"부탁합니다."

라키아와 크리스도 치료를 위해 침대에서 비켜섰다. 명이 있기 전까지는 아무도 들어오지 말라는 지시를 내린 후에서야 글렌도 문을 닫고 한곳에 자리를 잡았다.

이제 치료할 준비를 다 마쳤다. 리안은 천천히 공기 중의 마나를 느껴 보았다. 깊은 산중이라서인지 확실히 마나의 농도가 짙었다.

예감이 좋다. 황제의 상태가 매우 위중했지만 서클이 높아진 덕분인지 완치가 가능할 것도 같았다.

'해 보자.'

리안의 눈이 스스로 감겼다. 실내가 쥐 죽은 듯 고요해졌다.

하지만 잠시 후, 리안을 중심으로 마나가 몰아쳤다. 실제로 눈에 보이지는 않으나 거대한 마나의 해일이 일대를 집어삼켰다.

글렌은 오싹한 기분이 들었다. 정신 바짝 차리지 않으면 리안이 만든 해일에 떠밀려 갈 것만 같았다.

라키아와 크리스는 소드 마스터답게 알아서 잘 견디었고, 레지나와 이벨라는 리안의 보호로 전혀 그러한 것을 느끼지 못하였다.

번쩍!

리안의 감긴 눈이 떠졌다. 동시에 그의 전신에서 황금색 빛 줄기가 튀어나와 라테스에게 쏘아졌다.

"⋯⋯!"

레지나는 하마터면 비명을 지를 뻔했다. 라테스의 몸이 누워 있던 자세 그대로 갑자기 공중으로 붕 치솟았기 때문이다. 실내임에도 불구하고 어디선가 바람이 부는지 머리카락과 이불이 한 방향으로 흔들렸다.

리안과 황제 사이에 황금빛으로 된 끈끈한 줄이 이어졌다. 언제까지고 환하게 빛날 거라 여겼던 그 줄은 시간이 지날수록 점차 그 굵기가 가늘어지며 빛을 잃었다.

물론 그럴수록 황제의 용안엔 점점 핏기가 돌았고, 신체에 퍼져 있던 독의 성분도 조금씩 줄어 갔다.

그리고 마침내 모든 빛이 사라졌을 때, 황제가 다시 침대 위로 안착했다. 이제 그의 모습은 아픈 환자라고 생각할 수 없을 정도로 멀쩡했다. 그간 제대로 먹지 못해 마른 것을 빼고는 모든 것이 완벽했다.

"폐하……?"

분명 치료는 성공적으로 끝났다. 전과 달리 리안은 크게 힘든 것도 느끼지 못했다. 그가 침대로 다가가 나직이 라테스를 깨웠다.

어느 틈엔가 그런 리안의 주위로 사람들이 몰려들었다. 그들은 차마 입을 떼지 못하고 긴장된 표정으로 황제를 살피었다.

그렇게 얼마 후.

드디어 기적 같은 일이 벌어졌다. 오래도록 감겨 있던 황제의 눈꺼풀이 들리며 마침내 그의 초록색 눈동자가 그 빛을 드러냈다.

"라테스!"

"폐하!"

이벨라와 레지나가 각기 양쪽에서 황제의 손을 붙들며 소리쳤다. 그런 그녀들의 얼굴은 어느새 눈물로 범벅이 되어 있었다.

"……어머니."

"그래, 나 여기 있다. 라테스, 괜찮으냐?"

"황후……."

"네, 폐하. 저도 있어요."

흐려졌던 황제의 시야가 점차 초점을 되찾았다. 목소리가 전과 달리 약간 탁한 감이 있었지만, 그것은 그동안 말을 안 해서이지 병세 때문은 아니었다.

"어머니, 꿈에서 아버지를 뵈었습니다. 언젠가부터 이상하게 잘 뵙지를 못하였었는데, 어쩐 일인지 매일 밤마다 저를 찾아오셨어요."

"……잘 지내고 계시든?"

"전보다 훨씬 건강해 보이셨어요."

"다행이구나."

"아버지께서 어머니에게 전해 달라 하셨습니다. 당신께선 괜찮으니 미안해하지 말라고. 부디 남은 세월은 편안하게 사셨으면 좋겠다고, 그리 당부하셨습니다."

살아생전에도 이벨라의 안위를 먼저 생각하던 사람이었다. 죽어서도 자신을 염려하는 그의 모습에 이벨라는 가슴이 저릿하게 아팠다.

"걱정 끼쳐 미안하오. 내가 황후를 볼 면목이 없소."

"무슨 말씀을 그리하세요. 이렇게 살아 계신 것만으로도 저는 감사한걸요."

남편의 손을 잡고 날마다 희망하였다. 오라비가 돌아올 때까지만 어떻게든 버텨 달라고.

그의 끈질긴 생명력 때문이든, 그녀의 간절한 소망 때문이든 어쨌든 결국 희망이 이루어졌다.

앞으로 공작과의 대면이 그들을 기다리고 있었지만 레지나는 겁나는 것이 이제 아무것도 없었다.

"내 비록 말은 못 했으나 황후의 마음을 모두 느낄 수 있었소. 그대의 응원이 아니었더라면 버티지 못하였을 것이오. 정말 고맙소."

"당치 않으십니다. 저는 폐하의 아내입니다. 어찌 당연한 것을 고맙다 말씀하십니까?"

"그 당연한 것을 잊고 있는 이들이 많은 세상이라 그렇소. 이번에 다시 한 번 깨달았소. 내가 장가 하나는 정말 잘 갔구나."

남편의 그윽한 눈길에 레지나의 두 뺨이 붉어졌다. 그런 아내를 사랑스럽다는 듯 바라보는 라테스의 입가에도 깨어나 처음으로 웃음이 피어올랐다.

"폐하, 신 죽여 주십시오!"

이제 막 화기애애해진 분위기가 바뀌는 것은 순식간이었다. 크리스가 돌연 바닥에 무릎을 찧으며 죄를 고하였다.

"신 불충하여 폐하를 제대로 지키지 못하였습니다! 폐하를 위험에 빠뜨리게 한 죄, 부족하오나 신의 목숨으로 대신할 수 있게 하여 주십시오!"

"크리스, 일어나. 크리스도 고생한 거 다 알고 있어."

"대죄를 지었으니 달게 벌을 받겠습니다. 부디 통촉하여 주시옵소서!"

"나 배고프거든. 먼저 밥 좀 먹고 통촉하면 안 될까?"

*　　　*　　　*

야밤에 급히 차려진 식사치고는 음식들이 꽤 훌륭했다. 아내가 손수 탄 홍차까지 마신 후에야 라테스는 정신과 체력 모두가 돌아온 기분이었다.

"허면 폐하, 누워 계신 동안의 일을 기억하시는 겁니까?"

"다는 아니고 몇 개만. 내 손을 꼭 잡고 있던 황후와 날 업고 뛰던 크리스, 이곳으로 데려와 숨겨 준 타운젠드 백작……. 연속적이진 않지만 대충 생각은 나."

"그런 거였으면 한마디 말이라도 해 주질 그랬니. 우린 네가 전혀 의식이 없는 줄 알았단다."

"그게 어렴풋이 그랬었다, 라고 머리가 인식을 하는 수준이라서요. 걱정 끼쳐 드려 죄송합니다, 어머니."

"이젠 정말 괜찮은 거지?"

"네, 어머니. 염려하지 않으셔도 돼요."

완전히 정상으로 돌아왔지만 이벨라의 불안함은 여전했다.

유난스럽게 보인다고 해도 할 수 없었다. 이런 것이 부모의 마음이니까.

그것을 알기에 라테스도 어머니에게 재차 사죄했다. 핏줄이라고는 세상에 어머니 단 한 분뿐이었다. 될 수 있으면 평안하게 해 드리는 것이 아들인 그가 할 수 있는 가장 큰 효도였다.

"타운젠드 백작, 늦었지만 그대에게도 고맙단 말을 하고 싶네. 덕분에 위기를 모면했어."

"아닙니다."

그저 마음의 짐을 덜고자 한 일이었다. 이벨라를 다시 가슴 아프게 할 수 없어서 그런 것이니, 다르게 생각지는 말아 달라는 말을 글렌은 차마 할 수가 없었다.

"타운젠드 공작은 모르는 일이겠지?"

"……폐하께서 무사하시기를 아버지께서도 바라고 계십니다."

"알고 있네. 그런 면이 그가 맥카시 공작과 다른 점이지."

라테스에겐 공동의 적이었지만 둘은 여러 가지로 상이했다. 맥카시 공작이 온갖 더러운 수단과 방법을 동원하여 돈과 권력을 쟁취해 왔다면, 타운젠드 공작은 가진 힘과 머리로 나름의 규칙을 지켜 가며 재상의 자리에 올랐다.

그 결과 둘의 관계가 비등하기는 해도 진심으로 존경하고 따르는 무리는 타운젠드 측이 우세했다.

"돌아가면 공작에게 한 가지 물어봐 줄 수 있겠나?"

"하명하십시오."

"눈감아 주기를 언제까지 계속할 것인지 다음에 만나면 내가 꼭 듣고 싶다 전하게. 문득 궁금해서 말이야."

"……그것뿐이옵니까?"

"자네를 꾸짖지 않았으면 한다는 말도 덧붙이게. 혹시 아나? 덜 혼이 날지."

라테스는 웃고 있지만 글렌은 웃을 수 없었다. 자신을 향한 그의 눈빛이 뭔가를 알고 있는 듯한 느낌이었기 때문이다. 전에는 볼 수 없었던 어떤 이해심 같은 것이 황제의 눈에 비쳤다.

"제 앞가림은 제가 합니다. 폐하께선 쾌차하시는 데에만 집중하여 주십시오."

이벨라가 함께 있는 자리였다. 아버지에 대한 얘기를 계속해서 그녀에게 좋을 게 없다. 이쯤에서 글렌은 대화에서 빠지고 싶었다.

그것을 눈치챈 것인지 고맙게도 라테스가 반지를 들어 보였다.

"이미 몸은 다 회복되었네. 아무래도 이 반지가 그에 한 구실을 한 것 같은데, 처남 어찌된 것인가?"

"역시 느끼고 계셨군요. 네, 맞습니다. 치료 마법이 담긴 아티팩트 반지입니다. 혹 신의 은총이라고 들어 보셨습니까?"

"그런 건 이반이나 알지, 난 잘 모르네."

"과거 마법이 성행했던 시절, 치료 마법에 능숙했던 어느 마법사가 만든 것입니다. 반지를 착용하시면 앞으로 어떤 독에도 중독이 되지 않을 것이고, 웬만한 상처는 저절로 아물게 될 것입니다."

반지를 낀 것만으로도 독을 피하고 상처가 치료가 된다니 대단한 아티팩트임이 틀림없었다.

하나 그 사이 리안의 치료 마법에 익숙해진 탓인지, 다들 조금 놀라기만 할 뿐 별다른 반응들이 없었다.

리안도 그러한 것을 바라고 한 말은 아니었기에 아무 말 하지 않았으나, 기실 신의 은총은 그토록 간단한 설명만으로 넘어갈 수 있는 물건이 아니었다.

치료 마법이란 것이 마나의 양이 많이 필요하고 익히기가 까다로워 등한시 여겨 온 마법인 만큼, 그것을 아티팩트에 담는 것 또한 엄청난 노력과 실력이 수반되어야 하는 것이다.

아티팩트라는 것이 다 그렇지만, 특히나 치료 마법 계통은 그 개수가 다른 것들에 비해 상당히 적었다. 반면, 찾는 사람들은 많아 언제나 그 가격이 상상할 수 없을 만큼 높았다.

지금같이 마법이 소실된 시대에서는 감히 가격조차 매길 수 없는 귀중한 물품이라는 뜻이다.

황제의 음독 소식이 전해진 순간부터 리안은 세이프리드가 남긴 이 아티팩트를 떠올렸다. 그리고 조금 늦었지만 그에게 신의 은총을 선물하기로 결심했다.

항상 안전에 신경을 써야 하는 자리이니 신의 은총의 주인으로 그만큼 적당한 인물도 없었다.

"들어 보니 매우 귀한 물건 같은데 내가 이렇게 쉽게 받아도 되겠는가?"

"다시는 똑같은 일이 벌어지지 않기 위해서라도 그래야지요. 제 동생을 더는 슬프게 하지 말아 주십시오, 폐하."

"고맙네. 날 치료해 준 것만도 감사한데 처남에게 또 신세를 지는군."

"그런 말씀 마십시오. 처남이기 이전에 폐하의 신하이옵니다."

"별일 없이 무사히 돌아와 주어서 정말 고맙네. 라키아도 수고 많았어."

묘인국으로 둘을 떠나보낸 것이 엊그제 같은데, 시간이 훌쩍 지나 오늘에 이르렀다.

친애하는 이들과 함께하게 된 것은 기쁘지만, 그 장소가 황궁이 아니라는 사실이 라테스는 자못 씁쓸했다.

'이렇게 살아 있는 것만으로도 다행인 것인가. 더 큰 것을 바란다면 욕심인 걸까.'

어머니가 계시기에, 아내를 더는 눈물짓게 할 수 없어서 괜찮은 척 아무렇지도 않은 척 애쓰고 있지만, 실상 라테스의 속은 별로 좋지 못했다.

이번 기회에 그는 다시 한 번 절감했다.

리안과 라키아, 이반과 크리스.

그들이 없다면 자신은 아무것도 아니었다. 여전히 그는 허수아비였고 가진 힘이라고는 전무했다.

황제라는 자가, 이 나라 최고의 신분에 있다는 자가 제 몸 하나 책임지지 못하고 차 한 잔에 운명을 마감할 뻔했다.

아무리 음모에 빠진 거라지만 스스로를 용서할 수가 없다. 조금만 주의를 기울였더라면 피할 수 있었다. 또다시 뭔가를 해 보지도 못하고 그냥 당했다는 것이 라테스는 가장 억울하고 후회스러웠다.

의욕만 앞서고 제대로 갖추지 못하고 있었던 현실. 금번에 그것을 아주 제대로 깨우쳤다.

"폐하, 신 늦게나마 경하 드립니다."

라테스의 얼굴에 수심이 깊어지는 이유를 리안이 모를 리 없었다. 그가 황제를 위해 일부러 다른 이야기를 꺼냈다.

"경하라니, 갑자기 그게 무슨 소린가?"

"태중의 아기씨 말씀입니다."

"태중의 아기?"

"이런, 모르고 계셨습니까?"

"오빠, 어떻게 알았어?"

놀란 건 라테스뿐이 아니었다. 레지나는 물론이고 이벨라와 글렌, 크리스, 그리고 라키아까지 모두가 눈을 홉뜨며 리안을 쳐다봤다.

"마법사는 그런 것도 느낄 줄 아는 거냐?"

라키아가 새삼스럽다는 듯 리안을 아래위로 훑었다.

"다 그런지는 모르겠지만, 일단 나는 그런 것 같아."

"호오, 그럼 성별은? 그것도 가능해?"

다들 말은 안 해도 가장 궁금한 것이 그 점일 것이다. 기대와 호기심 어린 시선들이 리안에게로 쏘아졌다.

"글쎄, 아직 그것까지는……."

뱃속에 태아가 감지될 뿐 그 외적인 것들은 리안도 볼 수 없었다. 좀 더 자라면 모르겠지만.

"황후!"

역시나 레지나의 손을 맞잡는 라테스의 얼굴에선 조금 전까지 보이던 그늘이 전부 사라지고 없었다. 그의 머릿속은 온통 뱃속의 아기에게 쏠려 있었다.

"저도 이곳에 와서 알게 되었어요. 다행히 건강하다고 해요."

"장하오, 아주 장해! 이런 난국 속에서 잘 지켜내셨소!"

"폐하와 저의 아이인걸요."

비록 근래에 좋은 태교를 하지는 못했으나 어쩔 수 없었음을 아이도 분명 이해해 줄 것이다. 남편을 닮은 씩씩한 아들을 레지나는 꼭 낳고 싶었다.

"축하한다, 라테스. 아가도 다시 한 번 축하한다. 정말 고맙구나."

"감사합니다, 어머니."

기뻐하는 아들의 모습을 보니 이벨라는 이제야 조금 안정이 되었다. 해결해야 할 문제들이 아직 남아 있지만 아들이라면 반드시 잘 수습하리라 그녀는 믿어 의심치 않았다.

"이 기쁜 소식을 어서 장모님께도 알려 드리는 것이 좋겠소. 처남, 장모님께선 지금 어디에 계신가?"

"어머니께선 현재 본성에 머물고 계십니다. 안 그래도 날이 밝는 대로 모시고 올 생각이었습니다."

"엄마는 괜찮으셔? 내 걱정 많이 하셨지?"

황궁으로 시집을 가겠다고 했을 때부터 자신에 대한 걱정으로 잠도 제대로 주무시지 못하던 어머니다. 행복하게 사는 모습만 보여 드리고 싶었는데, 이런 일이 생겨서 레지나는 몹시 죄송스러웠다.

"염려는 하셨지만 어머닌 굳게 믿고 계셨어. 어릴 때부터 나보다 똑똑했던 너잖아. 그러니 그런 얼굴 하지 마."

"응, 오빠. 꼭 내일 아침 일찍 엄마 모시고 와 줘야 해. 알았지?"

"그래, 어머니는 물론 전부 다 데리고 올게."

"아사도 오는 거지?"

"그럼. 오늘은 급히 오느라고 라키와 둘만 움직인 거야. 내일은 다 볼 수 있을 테니까 기대해도 좋아."

아사의 얘기가 나온 김에 리안은 묘인국에 갔던 일에 대해 짤막하게 보고했다.

"묘인국과의 국교도 순조롭게 잘 맺어졌습니다. 상단의 교류를 더 활성화하고, 신분이 확실한 자에 한해서는 묘인국 내여행을 허락해 주기로 하였습니다."

"여행을 말인가?"

기대하지도 않던 의외의 수확이었다. 인간의 방문을 꺼리기로 소문난 그들이 여행자까지 받아 주다니. 대륙에 이 사실이 알려지면 결코 그 파장이 만만치는 않을 것이다.

"네, 생각보다 훨씬 인간에게 호의적인 자들이었습니다. 이참에 그들과의 우정을 돈독히 다진다면 필히 제국에도 보탬이되리라 여겨집니다."

묘인국과 연을 맺는 것은 제국으로선 굉장한 시장을 확보하는 것이나 마찬가지였다. 묘인족에 관심이 있는 자들이라면소문이 도는 순간 제국으로 몰려들 것이기 때문이다.

그들이 방문하여 쓰는 여행 경비는 고스란히 제국민의 벌이가 될 것이고, 그것의 일부는 나라의 세금으로 바쳐질 것이다.

경제의 활성화는 부를 창출하고, 그 부는 자연스레 부강한나라가 되는 밑거름이 될 것이었다.

얼떨결에 결성한 사신단이 그야말로 엄청난 성과를 올린 셈이었다.

"둘에게는 항상 신세만 지는 것 같군. 못난 왕이 제구실을하지 못하니 신께서 자네들을 보내신 것 같네."

"폐하, 어찌 그리 말씀하십니까? 폐하께선 누구보다 어진 분이십니다. 그렇기에 다들 폐하를 믿고 따르는 것이 아니옵니까? 못난 왕이라 자책하지 마시고, 폐하의 인복이라 여기십시오."

어려서 힘이 없었을 뿐 라테스는 실로 유능한 황제였다. 다방면으로 재주가 많은 것은 물론이고, 모르는 것이 있으면 꼼꼼히 알아보고 난 이후에야 일을 처리하는 습관이 몸에 배어 있었다.

대신들에게는 지지 않기 위해 독설도 서슴없이 날리는 그지만, 약자의 말에 귀 기울일 줄 알았고 황궁의 시녀와 백성들에게는 언제나 자상하고자 노력했다.

그는 현명하고 부지런했으며 때로는 비범했다. 무엇보다 좋은 사고방식과 따뜻한 감성을 지닌 사람이었다.

남편이어서가 아니라, 그간 레지나가 봐 왔던 황제는 정녕 그러했다.

라테스가 고마운 눈빛으로 아내를 응시했다. 일부러 자책하고자 한 말은 아니었다.

단지 황제인 자신이 아무것도 하지 못하고 있을 때, 목숨을 걸고 제국을 위해 큰일을 하고 돌아온 리안과 라키아가 자랑스러워서 칭찬을 한 것일 뿐이었다.

이래서 결혼을 하는 것일까?

커다란 눈망울에 애정을 듬뿍 담고 자신을 위로하는 레지나의 모습이 라테스는 사뭇 감동스러웠다.

"아무래도 내가 전생에 나라를 구한 것 같소."

"폐하?"

"그 복으로 당신을 만난 거지. 안 그렇습니까, 어머니?"

부끄러움에 볼을 붉히는 레지나의 어깨를 따뜻하게 감싸며 라테스가 어머니에게 동의를 구했다. 아들의 재미있는 발언에 이벨라가 웃으며 고개를 끄덕였다.

"그럼 한 서너 번쯤 구하셨나 봅니다."

"응?"

라키아였다. 무슨 소리인지 다들 이해가 안 간다는 얼굴로 그를 향해 돌아섰다.

"보십시오. 황후 마마가 하나, 그리고 저와 리안이 둘. 합이 셋 아닙니까? 그러니 적어도 나라를 세 번은 구하셨을 테지요."

"뭐어어?"

농담으로 한 얘기를 가지고 라키아가 안색 하나 변하지 않고 진지하게 받아치자 순간 분위기가 어색해졌다.

그러나 그것도 잠시, 모두 약속이라도 한 듯 한꺼번에 웃음보가 터졌다. 참으로 오랜만에 펼쳐진 즐거운 광경이었다.

"백작님! 잠시 나와 보십시오!"

문밖에서 다급한 외침이 들려온 것은 그때였다. 명이 있기 전까지는 얼씬도 하지 말라 분명 일렀거늘, 허락도 없이 벌컥

문이 열렸다.

"습격입니다! 갑자기 웬 놈들이 나타나 병사들을 도륙하고 있습니다!"

위치가 발각된 것인가?

병사에게 호통을 치려던 글렌은 순간 맥카시 공작을 떠올렸다. 리안도 스스로 찾아왔으니 공작이라고 오지 말라는 법이 없었다. 부디 아버지가 보낸 자들이 아니기만을 바랄뿐이다.

"라키."

"어."

리안과 라키아가 서로를 돌아보았다. 누군지 몰라도 오늘 제대로 잘못 걸렸다. 감히 이곳을 침범한 죄 용서치 않으리라.

"밖은 저희들에게 맡겨 주십시오."

글렌을 필두로 리안과 라키아가 서둘러 저택 밖으로 뛰어나갔다.

"잠깐!"

막 현관의 문을 열기 직전이었다. 리안이 멈칫하며 고개를 모로 꺾었다.

"왜 그래?"

"……차이야."

"뭐?"

"모르겠어, 라키? 차이라고!"

라키아의 대답을 기다릴 틈도 없었다. 리안이 병사를 제치고 직접 문을 열었다.

가장 먼저 리안의 눈을 사로잡은 것은 거대한 흑색 마차였다. 까만 밤중이었지만 달빛은 충분했다. 암버드가 끄는 차이의 전용 마차가 위용을 떨치며 저택의 어귀에 세워져 있었다.

아이작이라고 했던가?

글렌의 병사들과 싸우고 있는 건 암버드의 운전을 담당하는 청년 아이작이었다.

누가 차이의 수하 아니랄까 봐, 일개 마부라고 하기에는 믿기지 않을 실력을 뽐내고 있었다. 그의 움직임 하나에 병사 두셋이 동시에 나가떨어졌다.

끼이익.

마차의 문이 열렸다. 그리고 그곳으로부터 한 남자가 걸어 나왔다.

잿빛 머리칼에 온몸을 칠흑으로 감싼 장신의 사내.

차이였다.

아직 수면기에 들었을 거라 생각했던 차이가 리안을 찾아온 것이다.

"차이!"

반가움에 리안의 목청이 높아졌다. 그간 여러 일을 겪으면서 유독 차이의 빈자리를 많이 느꼈다.

평생 호위기사가 되어 주겠다고 약속했던 사람.

"차이! 차이!"

리안이 두 손을 휘저으며 차이의 이름을 연이어 외쳤다.

멀리 떨어져 있어 리안은 보지 못했지만, 차이의 드러난 검은 눈동자에 격변이 일었다.

전혀 뜻밖의 일이었다. 황제와 레지나의 존재를 확인코자 들른 길에서 리안을 만나게 될 줄이야.

"리안 님."

차이가 움직였다. 리안이라는 것을 알았으니 망설일 이유가 없었다. 서서히 꿈틀대던 그의 긴 다리가 어느 순간 보이지 않을 만큼 빨라졌다.

그리고 마침내 둘이 마주했다.

"돌아왔습니다."

인사를 끝으로 차이가 리안을 와락 껴안았다.

제8화

드래곤의
계승자

In Kallister

날이 밝았다.

겨울 날씨답지 않게 햇볕이 유난히 따스한 아침, 리안이 약
속대로 타운젠드 공작의 별저를 다시 찾았다.

"폐하!"

황제를 보자마자 럼블리 백작은 꺼이꺼이 목 놓아 울었다.
리안의 마법 덕분에 실상 라테스의 몸 상태는 예전보다 더 나
아졌지만, 마른 살 때문인지 백작은 쉽게 울음을 그치지 못했
다.

"이반, 나 괜찮아. 아픈 데도 없고 완전 멀쩡해. 그러니까
울지 마."

"크흐흐흑, 신의 불충을 절대 용서치 마십시오!"

"이반이 잘못한 게 있어야 용서를 하든가 말든가 하지. 난 괜찮다니까?"

"신이 황궁을 비우는 바람에 그만…… 으흐흐흑!"

사람 말 안 듣는 건 여전했다. 라테스를 부둥켜안고 백작은 장장 수십 분을 그렇게 울고 또 울었다.

"저기, 이반. 나 축축해."

"……예?"

"내 어깨 좀 봐 봐."

이제야 대화가 조금 진행이 되었다. 라테스를 쫓아 시선을 옮기던 백작의 얼굴이 당혹감으로 붉게 물들었다.

"소, 송구합니다, 폐하! 신이 너무도 황망하여……!"

"그래, 이런 건 좀 송구해해야지."

라테스가 손수건을 꺼내 대충 어깨를 닦아냈다.

"그럼 이제 다 운 거지?"

"예, 폐하."

허겁지겁 눈물을 훔치며 백작이 뒤로 물러났다. 물끄러미 그 모습을 지켜보던 라테스가 나지막한 음성으로 말했다.

"미안해."

갑작스러운 황제의 사과에 럼블리 백작이 깜짝 놀라 고개를 들었다.

"걱정 끼쳐서 말이야. 고생 많았지?"

"아닙니다, 폐하! 신보다야……."

"제자들과 같이 감옥에 갇혔었다며. 이반이 무사해서 정말 다행이야."

아버지가 살아 계시던 시절부터 라테스의 옆을 지켜 주었던 유일한 신하가 럼블리 백작이었다. 그간 말은 못했지만 그에게 백작은 아버지나 다름없는 존재였다.

그런 백작이 험한 고초 속에서도 살아서 버티어 준 것이 라테스는 진심으로 고맙고 감사했다.

"크흐흐흡, 폐하!"

황제의 마음 씀씀이에 감복한 백작이 다시금 울음을 터뜨렸다. 다행히 스승의 추태를 더 이상 간과할 수 없었던 제자들의 신속한 대처로, 라테스가 어깨를 다시 내줘야 하는 불상사는 일어나지 않았다.

"스승님, 그만 체통 좀 지키세요! 누가 보면 스승님께서 죽을병이라도 걸리신 줄 알겠어요!"

자리가 자리인 만큼 테라가 목소리를 낮추고 백작에게 잔소리를 퍼부었다. 로이드와 바이런도 민망함이 역력한 표정으로 백작의 양팔을 잡고 문가로 끌었다.

그들이 판단하기에 지금의 스승님에겐 마음의 안정이 무엇보다 시급했다.

"저러다 탈진이라도 하시는 건 아닌지……."

"그러게나 말이다. 성에서도 식사를 통 못하시던데……."

그 광경이 어찌나 애처로운지, 한쪽에서 손을 맞잡고 회포를 풀던 오웬과 레지나가 염려 가득한 눈길로 럼블리 백작을 바라보았다.

"장모님, 인사가 늦었습니다."

백작으로 인해 본의 아니게 아직 말 한마디조차 나누질 못했다. 뒤늦은 사위의 인사에 오웬이 서둘러 드레스를 펼치고 예를 올렸다.

"이렇게 건강한 모습을 뵈오니 너무도 기쁩니다. 그간 고생이 얼마나 많으셨습니까? 장모가 되어서 도움도 못 되어 드리고 참으로 송구합니다."

"그런 말씀 마십시오. 저야말로 걱정 끼쳐 드려 죄송할 뿐입니다. 황후를 데려와서 고생만 시키고 장모님을 뵐 면목이 없습니다."

지금이야 웃을 수 있지만 생사가 갈리는 위험천만한 상황이었다. 다시 생각해도 라테스는 아내에게 참으로 미안했다.

"폐하께 무슨 잘못이 있겠습니까. 저는 그저 오늘이 너무 행복합니다. 어서 환궁하시어서 폐하의 자리를 지켜내십시오."

"꼭 그리하겠습니다. 뱃속의 아기를 위해서라도 이번 일을 결코 허투루 넘기지는 않을 것입니다."

"아기라니요? 설마, 레지나 너……!"

경악하는 오웬에게 레지나가 수줍은 듯 고개를 살짝 끄덕였다. 말해야지 하면서도 어쩐지 쑥스러워서 쉽게 나오지가 않았다(재회의 기쁨을 나누느라 정신이 없기도 했다).

"몸은 괜찮니?"

멈췄던 눈물이 다시금 흘러내렸다. 자신의 딸이 홑몸도 아닌 몸으로 이 모든 걸 견뎠다고 생각하니 고마운 한편 안쓰러웠다.

"네, 입덧도 전혀 없고 몸도 무척 가벼워요. 엄마가 좋은 걸 물려주셨어요."

"앞으로는 말하는 거, 먹는 거, 입는 거 등 전부 각별히 주의를 기울여야 한다. 항상 옳은 마음과 바른 생각을 가져야 해. 아기들은 엄마의 모든 것을 배우고 자라거든."

"아직 배도 나오지 않았는데 벌써부터 태교를 하라는 말씀이세요?"

"귀중한 씨를 가졌으니 더욱 그래야지. 안 되겠다. 황궁으로 돌아가면 내가 아예 입궁하여 널 돌봐야겠구나. 폐하, 제가 그리해도 괜찮겠지요?"

언제든 개의치 않고 방문하라 하였지만, 하루 이틀 있을 것이 아니기에 나름의 허가가 필요했다.

갑자기 적극적으로 변한 오웬의 모습에 라테스는 약간 당황스러웠지만 기꺼이 허락하였다.

"그럼요, 괜찮고말고요. 장모님께서 오시면 어머니께서도 기뻐하실 겁니다. 그렇죠?"

모녀의 해후를 방해하기 싫어 한쪽에 빠져 있던 이벨라가 당연하다는 듯 기뻐하며 호응했다.

"저는 대환영입니다. 사부인과 오순도순 지낼 걸 생각하니 벌써부터 기대가 되는군요."

"황태후 마마께서 불편하시지 않도록 조심하겠습니다."

"제가 자주 좀 오시라고 드렸던 말씀 잊으셨습니까? 저는 상관치 마시고 편하게 오래오래 머물다 가십시오. 지금은 이래도 배가 부르면 많이 예민해질 겁니다. 황후에게 힘이 되어 주세요."

외롭던 황궁 시절, 홀로 라테스를 낳아야 했을 때 친정어머니가 와 주었던 것이 얼마나 큰 힘이 되었는지 모른다. 이벨라도 최대한 배려하고 신경을 써 줄 테지만, 그녀가 오웬을 따라갈 수는 없었다.

"축하드려요, 황후 마마."

"축하해, 레지나."

비앙카와 아사였다. 언제쯤 자신들의 차례가 올까 호시탐탐 기회를 엿보던 둘이 이때다 싶었는지 말을 걸었다.

"아사! 비앙카!"

오웬과 꼭 붙어 있느라고 친구들을 이제야 발견한 레지나가 반가움에 폴짝폴짝 뛰었다. 특히나 아사의 건강한 모습은 그녀에게 많은 위안이 되었다.

"레지나는 꼭 좋은 엄마가 될 거야. 정말 축하해."

종족 번식을 무엇보다 중요시 여기는 묘인족에게 아기를 낳는다는 것은 매우 성스럽고 고귀한 것이었다. 뱃속에 아이를 품고 있는 레지나가 이 순간 아사는 굉장히 대단하게 느껴졌다.

　"처남에게 들었습니다. 묘인국과의 교역이 아주 성공리에 끝이 났다고. 아사 님 덕분이라고 생각합니다. 진심으로 고맙습니다."

　묘인국의 왕자인 아사에게 제국의 황제로서 라테스가 감사한 마음을 전했다.

　돌이켜 생각해 보면 아사 때문에 리안과 라키아가 제국을 비우면서 오늘의 사달이 난 것이지만, 결과적으로 작금의 상황이 꼭 나쁘지만은 않다고 라테스는 판단했다.

　언제고 해야 할 것을 이번 기회에 실행에 옮길 수 있게 되어서 실상 속이 시원한 감도 있었다.

　"응? 난 한 게 아무것도 없는걸? 그런 인사라면 내가 아니라 리안한테 해야지. 아버지께서 인간을 좋게 보신 건 다 리안 때문이니까."

　"아사, 존칭을 써야지. 그새 또 까먹은 거야?"

　"아, 맞다. 그랬지? 미안, 미안. 존댓말은 워낙에 어려워서 말이야."

　리안의 성에서 처음 대면하던 날에도 아사가 말을 놓는 바람에 당황한 적이 있었다. 후에 그 사실을 안 라키아가 가만두지 않겠다고 날뛰는 통에 말리느라 꽤 힘이 들기도 하였다.

아니나 다를까.

지금도 한 번만 더 입을 잘못 놀렸다가는 가만두지 않겠다는 살벌한 눈빛으로 아사를 노려보는 중이었다.

그걸 아는지 모르는지 아사가 당부했다.

"앞으로 레지나한테 더 잘해 줘. 우리 묘인국에선 여자가 아이를 가지면 다들 여왕처럼 떠받들어 주거든. 그래야 건강한 아기가 태어난다나? 나도 나중에 장가가면 완전 잘해 줄 거야!"

"아사!"

"아차차, 또 깜박했다! 이거 흰머리 자식이 알면 완전 지랄지랄 할 텐데."

"그 흰머리 여기 네 뒤에 있거든?"

어금니를 꽉 깨문 채 라키아가 마지막으로 경고했다. 라테스와 함께 있는 자리라지만 더 이상은 참을 수 없었다. 저놈의 버르장머리를 오늘 완전히 고쳐 놓으리라!

그 살기를 감지한 듯 아사가 입술을 삐죽이며 리안에게 속삭였다.

"리안, 나 여기 더 있다가는 흰머리한테 맞아 죽을지도 몰라. 저 자식은 황제랑 관련된 일이라면 용서고 뭐고 없잖아. 반말이 나도 모르게 튀어나오는 걸 난들 어쩌라고? 아무튼 나 또 그럴 것 같으니까 그냥 나가 있을게."

"그럴래?"

"엉, 옆방에 보니깐 이상한 애들이 둘이나 있더라고. 거기가 봐야겠어."

아사가 말하는 이상한 애들이 누구인지 짐작이 가는 이상 리안도 모른 척할 수는 없었다.

어제 잠시 이야기를 나누어 본 결과 절대 아사와 그들은 만나지 않는 것이 좋았다. 자신이 없는 자리에서는.

'어쩔 수 없군.'

중요한 얘기는 저녁에 마저 하기로 하고 리안은 일단 옆방으로 옮겨 갔다.

*   *   *

"어이— 말꼬랑지! 너 죽다가 살아났다며?"

건너간 곳에는 차이가 오랜만에 만난 수하 라파스와 이야기를 나누고 있었다. 아이작과 하디는 잠시 자리를 비운 듯 보이지 않았고, 켄은 창밖을 향해 있다가 인기척을 듣고는 획 돌아섰다.

"호위기사가 그렇게 약해 빠져서 어따 쓸래? 그래서 리안을 지켜낼 수 있겠어?"

"아사 님, 말씀이 지나치십니다. 약하다니요? 주인님이 어떤 분이신지 너무 모르시는 거 아닙니까?"

"내가 모르긴 왜 몰라? 집착의 화신, 말꼬랑지잖아."

"헐! 지금 집착이라고 하셨습니까?"

"응, 말꼬랑지가 리안한테 완전 집착하잖아. 설마 천 쪼가리, 수하라면서 그것도 몰랐어?"

"자꾸 그렇게 시비를 거신다 이거죠? 알겠습니다. 이참에 아예 주인님과 누가 센지 맞짱 한번 떠 보시죠?"

아사의 막말에 울컥한 라파스가 결국 일대일 대결을 입에 올렸다. 그간 천 쪼가리라 불리며 받았던 수모가 한꺼번에 폭발하며 언성이 높아졌다.

"천 쪼가리 지금 나한테 화내는 거야?"

"제가 다른 건 다 참지만, 주인님을 무시하시는 건 절대 참지 못합니다! 주인님께선 다른 것도 아니고 수면기에 드셨던 거라고요, 수면기에! 뭘 좀 아시고 말씀하십시오!"

"그러니까 수면기라는 거, 그거 말이야. 종일 잠만 자는 거라며? 중간에 깨어나지도 못한다고 했으니, 나쁜 놈이 나타나면 어떡해? 그냥 쾍 가는 거 아닌가?"

핵심을 제대로 짚었다. 아사의 말처럼 수면기는 차이에게 있어서 더 강해질 수 있는 회복의 시간이자 가장 위험한 순간이었다.

"......!"

약은 오르지만 사실이기에 라파스는 일순 말문이 막혔다.

"쯧쯧, 듣던 대로 아주 단순한 종족이구먼."

다행스럽게도 그런 그를 대신해서 나선 이가 있었으니, 켄이었다. 아사의 등장부터 얼굴 가득 인상을 쓰고 있던 녀석이 입술을 비죽이며 끼어들었다.

"수면기가 위험한 건 맞아. 근데 그런 수면기를 이백 년 동안 무사히 넘겨 온 건 어떻게 해석할 거지? 그건 순전히 우연이었나?"

"오, 그게 또 그러네! 와, 그 생각은 못했다!"

억지를 부리며 반박할 줄 알았던 아사가 너무 쉽게 인정해 버리자 당황한 것은 외려 켄이었다.

밉살스러운 말만 골라서 하는 게 싸움을 거는 것인 줄 알았는데 아니었단 말인가?

물론 켄의 그 혼란은 오래가지 못했다.

"조인족은 전부 무식하다고 우리 형이 그랬는데, 새발 넌 좀 다른가 봐?"

"뭐, 뭐야? 무식?"

"아니, 새발 넌 똑똑한 것 같다고."

"그 앞에 말은 아니었잖아. 조인족이 무식하다니! 수인족 중에서 가장 강력한 일족이 바로 우리 조인족이거든!"

"아, 정말?"

"그래! 하늘의 제왕, 창공의 지배자! 그게 다 우리 조인족을 찬양하는 말들이거든? 넌 묘인족이면서 그런 것도 모르냐?"

"어, 몰랐어. 오늘 처음 들어. 조인족이 그렇구나."

"차이, 애 대체 뭐야? 뭘 이렇게 잘 인정해?"

열 받으라고 한 말에 상대가 전혀 아무렇지 않게 대응을 하자 켄의 머릿속에는 재차 혼란이 찾아왔다.

설마 자신이 이 어린놈에게 지금 놀아나는 것인가?

"픕!"

이 사태를 어떻게 수습해야 하나 리안이 골머리를 앓고 있는 반면, 아사와 켄 간에 오가는 대화를 흥미롭게 지켜보던 라키아가 끝내 참지 못하고 웃음을 터뜨렸다.

"미쳤어? 갑자기 왜 웃어?"

라키아가 웃으면 아사는 묘하게 기분이 나빠진다. 녀석이 눈썹을 모으며 라키아를 흘겨보았다.

"되다 만 고양이 너 때문에 웃은 거 아니니까 신경 꺼라. 큭큭."

"이 녀석이 아니면, 그럼 나 때문에 웃었단 소리냐?"

차이에 비할 바는 못 되지만, 인간치고 지닌바 능력이 대단하여 좋게 보던 중이었다. 라키아를 향한 켄의 목소리가 높아졌다.

"꼭 그런 건 아니지만 비슷해. 되다 만 것들끼리 얘기하는 게 좀 웃겼거든."

"되, 되다 만 것들?"

켄의 깃털 머리카락이 충격으로 부르르 떨렸다. 태어나 처음 들어보는 저급한 말이었다. 켄에게는 안됐다만 라키아의 말은 아직 끝난 게 아니었다.

"그나마 묘인족은 인간으로 변신하면 티도 안 나던데, 넌 진짜 대박이다. 머리는 닭털에 다리는 새발이라니, 인간 행세는 아예 꿈도 못 꾸겠군. 아하하, 정말 되다 만 새야!"

너무 화가 나면 말이 나오지 않는다는 것을 켄은 지금 몸소 체험하고 있었다. 살면서 이토록 어이가 없던 적이 또 있었던가!

역시나 인간 따위는 사귈 게 못 된다는 걸 다시 한 번 깨닫는 순간이었다.

"라키, 아사. 이제 그만해. 손님에게 이러면 큰 실례야."

"내가 뭘?"

"리안, 난 아무 말도 안 했는데?"

라키아와 아사가 동시에 리안을 돌아보았다. 둘은 진정 억울하다는 표정이었다.

"휴우."

리안이 한숨을 푹 내쉬었다. 말해 봤자 들어 먹지 않을 둘이라는 걸 너무 잘 아는 탓이다.

"켄 님, 제가 대신 사과하겠습니다. 둘 다 성격이 보고 느끼는 대로 솔직하게 말을 하다 보니, 종종 오해를 불러일으키고는 합니다. 하지만 특별히 켄 님을 폄하하고자 그런 것이 아니니 부디 너그러운 마음으로 이해해 주세요."

"차이는 말꼬랑지에 나보고는 새발, 되다 만 새라고 하는 걸 이해하라고? 내가 대체 왜 그걸 이해해야 하는데?"

"켄."

"뭐!"

이럴 줄 알았다. 리안에게 한마디 하기가 무섭게 자신을 부르는 차이의 음성에 켄은 울컥하고 무언가가 올라왔다.

"오기 전에 합의한 거 다 잊었어?"

'그래, 잊었다. 어쩔래?'

"그만하고 이리 와서 앉아."

켄이 차이를 따라올 수 있었던 건 문제를 일으키는 즉시 둥지로 돌아가겠다는 각서에 사인을 했기 때문이었다.

이러한 상황이 올 거라는 것을 차이가 왜 몰랐겠는가?

차이야 평소처럼 무시하고 그냥 넘어가면 그만이지만, 다혈질인 켄에게는 절대 불가능했다.

"내가 너 봐주느라고 얼마나 힘들었는지 알아!"

"……네?"

갑자기 켄이 빽 소리를 치는 통에 리안은 깜짝 놀랐다. 고막을 울리는 높은 소리도 소리지만, 탁자에 있던 컵 하나가 쨍하고 깨진 것이다. 간발의 차이로 창문에 쩍쩍 금이 가기도 했다.

"우와, 조인족은 소리를 다스릴 줄 안다고 하더니 정말이네! 짱 멋지다!"

그 순간 아사를 보는 켄의 눈빛은 '뭐 저런 게 다 있지?' 딱

그거였다. 그것도 모르고 아사는 또 해 보라며 켄에게 달라붙었다.

덕분에 리안에게 갈 화풀이가 고스란히 아사 몫이 되었지만, 당연히 아사에게는 씨도 안 먹혔다.

"우리 조인족은 묘인족과는 절대 친구가 될 수 없어!"

켄의 절규 어린 외침이 저녁 식사 시간이 될 때까지 저택 곳곳에 메아리쳤다.

*   *   *

한적하던 식당이 하나둘 사람들이 모이면서 점차 시끌벅적해졌다. 리안의 본성보다 규모는 훨씬 작았으나 다행히 일행 전부가 들어갈 정도의 넓이는 되었다.

"식사가 괜찮은지 모르겠습니다. 급하게 사람을 구한 거라서 그리 실력 있는 요리사가 못 됩니다."

"이 정도 실력이면 충분하지. 직접 씹어서 넘기는 맛이 아주 꿀맛이야."

"황궁에서 드시던 것에 비하면 많이 부족할 겁니다."

"그야 그렇지만, 내 입맛이 원래 까탈진 편은 아니라네."

"제 입에도 무척 맛있는 걸요. 전 폐하와 달리 나름 미식가랍니다. 허니 타운젠드 백작님께선 그만 신경 쓰시고 식사하세요. 통 드시지 못하는 것 같아 제가 다 미안합니다."

식탁에 차려진 요리의 가짓수는 많지 않았으나, 맛있다는 레지나의 말은 진심이었다. 오랜만에 제대로 된 식사를 하게 된 그들을 생각해서인지 음식들이 하나같이 자극적이지 않고 담백했다.

"신세를 지고 있는 마당에 괜한 식사 시간을 마련하여 제가 백작님을 불편하게 한 모양입니다. 송구합니다."

"내가 말을 잘못했군. 자네에게 그런 말을 들으려고 한 것이 아닌데. 알았네, 그냥 있지."

"이왕 말이 나온 김에 조금만 더 하겠습니다. 제가 오늘 이런 자리를 만든 것은 특별히 여러분께 드릴 말씀이 있어서입니다."

"우리 모두에게 말인가?"

"네, 폐하. 이제는 말할 때가 온 것 같습니다."

식사 때면 항상 그렇듯 열심히 음식물을 흡입하던 라키아가 인상을 쓰며 리안을 바라봤다.

'너 설마?'

'응.'

리안이 고개를 주억였다. 그가 탁자의 맨 끝에 앉은 차이를 향해 잠시 눈길을 주었다가 말을 이었다.

"아마 다들 이상하게 생각하셨을 겁니다. 사람이라면 갑자기 이렇게 눈 색이 변하고 몸에서 빛이 나지는 않을 테니까요."

8서클에 오르면서 그리되었다고만 들었을 뿐 정확한 이유에 대해선 아무도 알지 못했다. 갑작스러운 리안의 발언에 수십 쌍의 눈동자가 동그랗게 떠졌다.

"이제까지는 모른다고 둘러댔지만 실은 알고 있었습니다. 그렇다고 일부러 속이려고 그런 것은 아니에요. 이유를 들어보시면 절 이해하실 수 있을 겁니다."

"무슨 말씀이기에 칼리스타 백작님답지 않게 그리도 서론이 긴 것입니까? 폐하께서 건강을 되찾으신 지금, 저는 더는 놀라울 게 없습니다. 허니 걱정 마시고 얼른 말씀하십시오."

"안 그래도 럼블리 백작님께서 제일 놀라실까 봐 심히 염려스럽습니다. 제자분들께서 잘 보필해 주십시오."

백작은 대륙에서 다섯 손가락에 꼽히는 유명한 대마법사였다. 그가 놀랄 일이라면 십중팔구 마법에 관련된 일일 터. 다들 여느 때보다 호기심이 높아졌다.

"이야기를 시작하려면 제가 열다섯 살 때로 거슬러 올라가야 합니다. 아버지께서 돌아가시고 분별없이 하루하루를 보내던 제게 어느 날 믿을 수 없는 사건이 벌어지지요. 그 일로 정신을 좀 차릴 수가 있었습니다. 어머니, 그때를 기억하십니까?"

리안이 열다섯이면 혼자서는 일어나지도 못하고 침상에서만 지내야 했던 오웬이 차츰 기운을 차리기 시작한 해였다.

그뿐인가. 놀기만 좋아하던 아들이 선생을 다시 들이고, 좋은 영주가 되겠다며 영지 순방을 나서기도 하였다.

어미로서 해 준 것 없는 미안한 아들이었기에 당시의 그 대견했던 모습들을 오웬은 잊으려야 잊을 수가 없었다.

무엇이 아들의 심경에 변화를 주었던 것일까?

뒤늦은 리안의 고백에 오웬은 미소 띤 얼굴로 고개를 끄덕였다. 모든 것을 기억하고 있다는 의미였다.

"허면 제가 보름 동안 실종되었다가 돌아온 것도 잊지 않고 계시겠군요."

"그걸 어떻게 잊겠어. 그때 나랑 엄마랑 얼마나 걱정을 했었는데."

그날만 생각하면 레지나는 아직도 심장이 벌렁거렸다. 아버지에 이어 오빠까지 잃게 될까 봐 거의 잠도 못 자고 공포에 떨었었다.

"그때야. 내가 결심한 게."

"……결심?"

"응, 내가 다른 인생을 살기로 결심한 시기가."

문득 그때가 떠오르자 리안은 감회가 새로웠다. 언젠가는 밝히고자 마음먹고 있었지만, 그 시기가 이렇게 빨리 올 거라곤 생각하지 못했었다.

"제가 너무 뜸을 들였군요. 간단히 말씀 드리겠습니다. 산에서 길을 잃고 헤매다가 절벽 아래로 추락을 했습니다. 간신히 나뭇가지에 걸려 목숨을 잃지는 않았지만 상태가 말이 아니었죠."

"오빠! 그런 말은 없었잖아!"

"세상에, 리안! 그게 무슨……!"

"끝까지 들어 보세요, 어머니. 지금의 제가 존재할 수 있는 근원에 대한 이야기입니다."

진지한 리안의 말투에 오웬은 하는 수 없이 뒤로 물러났다. 놀란 아내의 손길을 라테스가 살포시 어루만져 주었다.

"점점 시간이 흐르자 제 무게를 이기지 못하고 가지가 부러지려 하였습니다. 해서 전 결단을 내렸습니다. 부러진 손가락으로 절벽을 타기로."

"윽, 엄청 아팠을 텐데."

"네, 백작님. 제 생에 그렇게 아팠던 적은 처음이었습니다."

"그래서 어떻게 되었습니까? 절벽을 벗어나신 겁니까?"

리안의 말이라면 뭐든 믿고 따르는 신봉자가 테라였다. 나이는 그가 더 위였지만, 그런 테라를 볼 때마다 리안은 꼭 동생 같다는 느낌을 받고는 했다.

드래곤에 대한 사실을 털어놓으면 그가 어떤 반응을 보일까?

모르긴 몰라도 아마 한동안 비명을 지르며 식당 안을 뛰어다닐 것이다. 정신 사납다고 라키아가 투덜거리겠지만 그 소리는 묻힐 게 뻔했다.

"아니요, 애초에 제 체력으로 절벽을 다 오르기는 무리였습니다. 떨어지지 않고 매달려 있는 것 자체가 기적이었지요. 이제는 정말 끝이구나 하며 포기를 하려던 순간이었습니다. 갑자기 절벽 전체가 흔들리더니 구멍이 나타났습니다."

"구멍?"

"네, 폐하. 남은 힘을 모두 끌어모아 겨우 가서 보니 구멍이 아니라 문이었습니다. 사람이 드나들 수 있도록 만들어 놓은 문 말입니다."

"아니, 그런 곳에 어째서……?"

의외의 전개에 다들 표정들이 기괴해졌다. 라키아만이 그렇게 된 것이구나 하며 이해하는 얼굴이었다.

"정신을 잃었다가 깨어나니 그 상황에서도 배가 고프더군요. 그래서 아픈 몸을 이끌고 안으로 들어가 보았습니다. 먹을 걸 찾기 위해서."

이제부터가 진짜였다. 리안이 잠시 멈추었다가 다시 말했다.

"하지만 전 금세 허기를 잊었습니다. 벽면이 온통 휘황찬란한 보석들로 가득한 거대한 홀을 발견한 순간 다른 건 아무것도 생각할 수가 없었습니다. 그저 아름다운 광경에 넋을 빼앗기고 감탄만 하였지요."

"보석이 쌓여 있는 게 아니고 벽에 박혀 있었단 말씀입니까?"

"네, 놀라운 건 그다음입니다. 사고로 부러지고 까졌던 제

몸이 저도 의식하지 못한 사이에 거짓말처럼 원상태로 돌아와 있었습니다."

"카, 칼리스타 백작님, 설마……!"

제일 먼저 눈치를 챈 것은 럼블리 백작이었다. 절벽에 문이 생겨났다는 대목에서부터 수상히 듣던 그가, 보석에 이어 상처가 치료되었다고 하자 말을 더듬기 시작했다.

"스승님?"

백작의 안색이 노래졌다. 눈동자에 초점이 흐려지는 것이 리안이 8서클의 마법사가 되었다는 소식을 들었을 때보다 더 놀란 기색이었다.

그가 중얼거렸다.

"세, 세이프리드……."

"갑자기 아카데미는 왜 찾으세요? 특별 강연 때 뭐 두고 온 거라도 있으세요?"

세이프리드.

조금 전까지만 해도 그 이름에 아카데미가 아닌 다른 것을 떠올리는 건 리안뿐이었다. 하지만 이제는 한 명이 늘었고, 오늘이 지나면 더 많아질 것이다.

"테라, 럼블리 백작님은 지금 아카데미를 말씀하시는 게 아닙니다."

"네? 세이프리드가 아카데미가 아니면 무슨……?"

"드래곤. 제가 절벽에서 찾아낸 것은 골드 드래곤, 세이프리드의 레어였습니다."

침묵이 흘렀다.

타운젠드 공작의 별저가 역사상 이보다 더 심한 고요에 잠겼던 적은 없었다. 마치 적에게 예상치 못한 기습이라도 당한 것처럼 다들 한순간 꿀 먹은 벙어리가 되었다.

누구도 감히 입을 열지 못했다.

드래곤이 멸종되고 지난 세월이 얼마인가?

웬만한 레어는 거의 다 발굴이 된 데다, 수십 년이 넘도록 소식이 없었기에 더 이상 레어는 기대할 수 없다는 게 대다수 전문가들의 소견이었다.

그러한 것이 제국에, 그것도 리안의 손에 떨어진 것이다!

항상 놀라운 사람이었지만 지금보다 놀라웠던 적은 없었다.

리안의 화려한 경력 앞에 '레어의 주인'이라는 수식어가 하나 더 붙게 될 것을 상상하자 그들은 정녕 소름이 끼쳤다.

"남들은 이걸 행운이나 기적이라고 표현할지 모르겠습니다. 하지만 제게는 일종의 기회였습니다. 시골 변방의 힘없는 영주였던 제가 신념대로 뜻을 펼칠 수 있는 기회. 이것이 오늘날의 제가 있게 된 배경입니다."

"와아! 레어 그거 굉장한 거라고 들었는데, 리안한테 그게 있었어? 근데 왜 여태 안 데리고 간 거야? 나 구경 시켜 주라, 응?"

심각한 분위기에 졸음을 이겨내지 못하고 살짝 졸고 있었던 아사였다. 녀석이 레어라는 단어에 퍼뜩 정신을 차리고는 리안을 졸라댔다.

"비밀을 지켜야 했어. 좋은 걸 갖고 있으면 약자는 강자에게 뺏길 수밖에 없거든."

"아아, 그 식인종들?"

"응, 이제는 괜찮을 것 같아서 말하는 거야. 아사, 이해하지?"

"그럼! 나 그렇게 쪼잔하지 않아!"

"마법은…… 마법은 어떻게 배우신 겁니까?"

떨리는 음성으로 럼블리 백작이 물었다. 리안은 레어에서 세이프리드를 처음 발견했을 당시의 상황과 용언 마법을 얻게 된 경위를 짤막하게 입으로 옮겼다.

"마, 말도 안 돼!"

백작은 졸도 직전이었다. 그가 연신 고개를 가로저으며 부정했다.

"인간의 몸으로 어찌 용언이 가능하단 말입니까! 전 믿을 수 없습니다!"

"세이프리드가 죽음을 앞당기면서까지 안배한 마법입니다. 그날 제겐 그의 마법 지식이 모두 전이되었고, 수련을 통해 한 계단씩 오른 것입니다. 백작님이 믿든 믿지 않으시든 전부 사실입니다."

"그래서 주문이 없었던 거였어."

리안과의 첫 만남 때 주문도 없이 마법을 시전하는 것을 보고 라키아는 이상하다 생각했었다. 그 의문이 이제야 풀렸다. 드래곤과 연관이 있는 줄은 알고 있었지만, 용언 마법까지 전승했을 줄은 미처 몰랐다.

"세이프리드, 그는 제게 스승과 같은 존재입니다. 그가 골드 드래곤이었기에 제가 이렇게 변한 것이죠. 이미 눈치채셨겠지만 아카데미의 이름도 그에게서 따온 것입니다. 마법이 사장되지 않기를 바란다는 세이프리드의 전언을 꼭 따르고 싶었습니다."

"오빠, 그럼 이것도 레어에서 가져온 거였어?"

항상 의아했었다. 별안간에 마법사가 된 것도 그렇고, 그 얘기만 나오면 피하기만 하는 리안이 레지나는 가끔 속이 상할 정도로 미웠다.

하지만 다 듣고 나니 백번 이해가 간다.

이 사실이 공작들의 귀에 들어가기라도 했다면 어떤 일이 벌어졌을까?

이미 지난 일이고, 앞으로도 일어나지 않을 일이지만 레지나는 오금이 다 저렸다.

5년이라는 긴 세월 동안 아무에게도 말하지 않고 홀로 비밀을 간직한 리안이 레지나는 어느 때보다 대단하고 현명하게 느껴졌다.

"응, 그림자의 춤뿐 아니라 어머니께서 끼고 계신 봄날의 오후, 폐하께 드린 신의 은총, 엘이 차고 있는 바람의 벗, 그리고 여기 내가 하고 있는 대지의 숨결. 모두 레어에서 얻은 것들이야."

리안은 담담하게 설명했지만, 그것들의 정체를 알고 있는 몇몇 사람들의 얼굴은 거의 사색이 되었다.

이제야 비로소 실감이 든다고 해야 할까?

억만 골드를 주어도 살 수 없다는 희대의 아티팩트가 리안에게는 마치 보석함에 들어 있는 수만 가지 장신구 중의 하나 같은 느낌이었다(사실이기도 했다).

"내 거는? 전에 내가 부숴 버린 그 귀걸이도 리안이 레어에서 가져온 거야? 통신 마법인가 뭔가가 걸려 있다고 했지?"

"응, 헤이어달의 의지."

"맞다, 그거다! 그게 되게 귀중한 거였구나. 몰랐네. 아쉽다, 리안."

"덕분에 아사 네가 살았잖아. 세상에 생명보다 소중한 것은 없어."

"히히, 그건 그래. 그게 아무리 비싸 봤자 나보다 대단하지는 않지! 암!"

기분이 좋은 듯 아사가 씩 웃더니 내려놓았던 포크를 다시 집어 들었다. 여전히 모두가 충격에 빠져 있는 반면 녀석은 노래까지 흥얼거리며 식사에 몰두했다.

"대애박!"

언제쯤 시작하나 싶었다. 입만 벙긋거리며 뭐라 말을 잇지 못하던 테라가 불쑥 일어서더니 목청을 높였다.

"역시 처음부터 뭔가 다르다 했습니다! 칼리스타 백작님께선 첫인상부터가 남달랐어요! 역시 백작님은 제가 스승으로 모셔야 할 분입니다!"

"테라, 너!"

"게다가 세이프리드라니요! 아카데미에서 일하면서 제가 좀 알아봤는데 세이프리드 그분, 드래곤 중에서도 아주 난 드래곤이던데요? 드래곤이라면 다들 마법의 정점에 있다고들 하지만, 그중에서도 최고의 실력자가 바로 세이프리드였답니다! 칼리스타 백작님께선 그런 대단한 드래곤의 계승자라고요, 여러분!"

"알았으니까 일단 좀 앉지?"

더 시끄러워지기 전에 진정시켜야 했다. 바이런이 테라의 팔꿈치를 잡고 밑으로 끌어내렸다.

"신께서는 정녕 나를 예뻐하시는 것이 틀림없어."

"갑자기 건 또 무슨 말이야? 너 정말 안 앉을래? 삐쩍 마른 놈이 힘은 또 왜 이렇게 세?"

"바이런 형, 그걸 몰라서 묻는 거야? 날 예뻐하시지 않고서야 백작님을 내 눈앞에 보내 주셨을 리가 없잖아! 이건 필시 나를 편애하시는 거라고! 오오!"

"그게 왜 그렇게 해석이 되는 거냐? 네가 정신이 드디어 해

까닥 갔구나?"

"칼리스타 백작님, 저를 제발 제자……!"

"로이드, 잡아!"

테라의 입을 손으로 틀어막으며 바이런이 움직였다. 로이드
도 황급히 테라의 몸통을 잡고 식당 밖으로 재게 걸음을 놀렸
다.

"테라는 어릴 때나 지금이나 변한 게 없어. 이반이랑 똑같
다니까."

"송구합니다, 폐하."

럼블리 백작이 제자를 대신해서 사죄했다. 그는 여전히 얼
이 나간 얼굴이었지만, 다행히 리안이 우려했던 것보다는 양
호한 모습이었다.

"마지막으로 말씀드릴 것이 한 가지 더 있습니다."

이제는 리안이 입만 열면 긴장이 되었다. 차가운 물을 한 모
금 삼킨 후에야 라테스가 허락했다.

"차이."

리안이 호명하자 차이가 일어나 그들에게로 걸어왔다. 이제
까지는 멀리 떨어져 있어 의식하지 못하였는데 존재감이 대단
했다.

단순한 걸음 하나에 태산의 기운이 실려 있고, 함부로 범접
할 수 없는 어떤 무언가가 전신에서 느껴졌다.

리안의 호위기사인 그를 오늘 처음 보는 것도 아닌데 라테

스는 묘한 기분이 들었다.

"폐하, 크라우저 후작입니다."

"⋯⋯?"

라테스가 무슨 소리냐는 듯 리안을 응시했다. 리안은 대답 대신 차이에게 눈짓했다. 그에 차이가 라테스를 향해 예를 갖추며 인사했다.

"차이 반 크라우저, 폐하께 인사 여쭙니다."

"크라우저⋯⋯!"

오래전 들은 것이기에 이름은 가물가물하지만 가문의 이름만은 확실히 기억하고 있다.

크라우저 후작가.

대부분의 제국민들에게는 생소한 가문이나, 크라우저가는 400년이 넘도록 그 명맥을 유지해 온 제국 최고의 유서 깊은 가문이었다.

"예, 폐하. 신이 크라우저 후작가의 이 대 가주, 차이 반 크라우저라고 합니다."

라테스의 얼굴이 기이하게 일그러졌다. 자신이 뭔가 잘못 들은 것이 분명했다. 아니면 상대가 실수를 하였거나.

"크라우저 후작가의 전신은 블랙 드래곤 레켄스토 님을 지키던 가디언 가문이었다고 합니다. 차이의 아버님이신 기욤 님께서 레켄스토 님이 돌아가시고 인간 세상으로 내려오셨다고 하더군요. 아직 이 대에 머물고 있는 까닭은 레켄스토 님의 영향으로 수명이 비약적으로 늘어났기 때문입니다."

"오늘이 만우절인가?"

하도 놀라운 이야기만 들었더니 이제는 의심이 갔다. 리안
이 드래곤의 계승자라는 것만으로도 말문이 막히는 마당에,
이제는 가디언이라고?

리안이 허풍을 치는 타입도, 이러한 것으로 장난을 치는 성
격도 아니라는 걸 잘 알고 있지만 쉽게 받아들여지지 않는 것
또한 사실이었다.

"믿기 힘드시겠지만 모두 사실입니다. 폐하의 심기를 조금
이나마 기쁘게 하기 위해 한 말씀 더 드리자면, 차이는 5서클
의 마법사이자 그랜드 마스터입니다."

"……!"

"네, 폐하께서는 지금 든든한 아군을 한 명 얻으신 것입니
다."

제9화

숨 고르기

"주인님께서 며칠 전부터 찾으셨습니다."

외투와 모자를 벗기도 전, 집사가 글렌에게 알려 왔다. 이어지는 다른 말은 없었으나 분위기가 별로 좋지 않음을 그의 표정에서 알 수 있었다.

"테오도르는?"

"이층에서 주인님과 함께 다과를 드시고 계십니다. 모시고 내려올까요?"

"아니, 내가 올라가지."

언제까지 아버지를 피할 수는 없었다. 어차피 치러야 할 일이라면 빠른 것이 차라리 나았다. 실내복으로 옷을 갈아입은 뒤 글렌이 위층으로 향했다.

"아버지!"

"……그래, 테오도르."

눈에 넣어도 안 아플 사랑스러운 아들이 한달음에 달려와 안겼지만 글렌은 웃을 수가 없었다.

"오셨어요?"

쉐르단 후작의 장녀, 아스완이 함께 있었던 것이다. 탁자에 놓인 찻잔의 개수는 세 개. 집사가 일부러 말을 안 한 것이 분명했다.

"왔으면 이리 와 앉지, 그렇게 멀뚱히 계속 서 있을 것이냐?"

아스완과 테오도르를 생각해서 애써 참고 있을 뿐, 공작의 말투에는 역정이 그득했다. 글렌은 말없이 아들의 곁으로 가 앉았다.

"차 드셔야죠? 제가……."

"아니야, 난 됐어."

일어서려는 아스완을 글렌이 저지했다. 안주인이 나서서 할 일을 그녀가 하려는 게 마음에 들지 않았다. 더욱이 요즘 그에게 필요한 것은 차가 아니라 술이었다.

"아버지, 어딜 갔다 온 거야? 며칠 동안이나 집에도 안 들어오고, 내가 얼마나 보고 싶었는지 알아?"

"미안, 테오도르. 아빠가 좀 바빴어."

"아스완 누나도 얼마나 보고 싶어 했다고! 나랑 매일매일 아래층에서 아빠가 오기만을 기다렸어."

"테오도르, 일 때문에 늦으시는 것이니 이해하기로 했잖아. 투정 안 부리기로 누나랑 약속해 놓고, 벌써 잊었니?"

"이건 투정이 아니라 그냥 하는 말이에요, 누나. 다음에는 안 그러셨으면 좋겠어서."

"그래, 테오도르. 알았다. 이번엔 아빠가 잘못했어. 다시는 그러지 않을게."

아들에게 사과하는 글렌의 음성이 점점 딱딱해졌다. 아스완을 바라보는 아버지의 저 눈빛. 그가 원했던 건 지금의 눈빛으로 이벨라를 봐 주시는 것이었다. 아스완이 아니라.

대체 어떻게 해야 포기를 하실까?

면전에서 그녀에게 모욕을 주면 단념하실까?

그동안은 딱하고 미안해서 모질게 굴지 못하였지만 이제는 달라져야 할 것 같다. 모든 진실을 알게 된 지금, 전보다는 태도를 확실히 취해야 할 필요가 있었다.

"그럼 내일 아침 나랑 누나랑 같이 승마하기! 아버지, 그럴 수 있지?"

"아니, 그건 안 되겠는데."

밖을 보라는 듯 글렌이 아들과 눈을 맞추며 턱짓했다.

"우와! 눈이다! 할아버지, 누나! 눈이 내려요!"

조금 전까지만 해도 멀쩡하던 하늘에서 그야말로 함박눈이

펑펑 쏟아지고 있었다. 테오도르가 총총거리며 창가로 달려갔다.

"벌써 많이 쌓였네! 아스완 누나, 우리 눈사람 만들어요!"

"눈사람?"

"네! 올해는 꼭 만들어 보려고 했었거든요! 아버지도 같이 만들 거지?"

"아빠는 할아버지와 할 얘기가 있어서. 둘이 다녀와."

아스완에게 자리를 피해 달라는 것과 다를 바 없는 말이었다. 그에 공작이 인상을 쓰며 아들을 쳐다봤지만, 글렌은 모른 척 덧붙였다.

"아스완, 저녁에 잠시 시간 있니?"

"오늘이요?"

"응, 너도 이제 집으로 돌아가야지. 여기 너무 오래 있었잖아. 가기 전에 내가 할 말이 좀 있어서."

기대감에 두근거리던 심장이 차가워지는 것은 금방이었다. 그간 무관심하긴 했어도 그녀가 저택에 머무는 것을 거절한 적은 없었다.

아스완의 표정에 두려운 기색이 스쳤다.

"누나, 나가요!"

그런 것도 모르고 테오도르가 신이 나서 그녀의 손을 잡아 끌었다. 문을 나서기 전 아스완이 애원하듯 그를 바라보았지만 글렌은 철저하게 외면했다.

"무슨 말을 하려는 게냐?"

아들의 얼굴에 서린 결심을 타운젠드 공작이 모를 리 없었다. 그가 폭발 직전의 분노를 간신히 억누르며 글렌에게 물었다.

"타이를 생각입니다."

"타일러?"

"네, 전 변하지 않을 테니 얼른 정신 차리고 다른 남자를 알아보라고 말할 겁니다."

공작이 한심하다는 듯 혀를 찼다.

"쯧쯧, 네놈이 그리 말하면 아스완이 네 하고 들을 것 같으냐? 사내라는 게 어찌 그리 여자 마음을 몰라! 다 됐고, 돌아오는 봄에는 식을 올릴 테니 그런 줄 알거라!"

"결혼식에 신부 혼자 입장하는 꼴을 정 보고 싶으시다면 아버지 좋을 대로 하십시오. 전 가지 않을 테니까."

"네놈이 아직 철이 덜 들었구나! 그런 좋은 조건의 여자를 언제 또 얻을 수 있다고!"

"그러니까요! 애까지 딸린 데다 나이도 많고, 말만 공작가의 후계자이지 가진 힘은 쥐뿔도 없는 저 같은 놈에게 아스완 같은 아이가 가당키나 합니까? 제가 모자라도 아주 한참이 모자라죠!"

"뭐, 뭐야? 이놈이!"

"그뿐이면 다행이게요? 심지어 이십 년이 넘도록 한 여자를 잊지 못하고 방황하는 미련한 남자가 바로 저입니다!"

"네, 네가 제정신이 아닌 게로구나?"

아들의 고백에 타운젠드 공작의 낯빛이 사색으로 뒤덮였다.

안 그래도 황태후의 실종과 관련되어 물어볼 것이 있던 참이었다. 글렌이 어디까지 연관이 되어 있는지, 만약 그렇다면 당장 끊어내라고 야단을 칠 요량이었다.

한데 무어라? 아직도 잊지 못하고 있다고?

충격으로 공작의 전신이 부들부들 떨렸다.

"왜 그러셨습니까?"

"……?"

"왜, 어째서 그녀를 궁으로 보내셨습니까? 떠나보내시지, 그냥 멀리 보내 버리시지 왜 하필 궁이었습니까! 손만 뻗으면 닿을 것 같아 제가 얼마나 괴로웠는지 아십니까? 원치 않는 결혼으로 그녀가 얼마나 긴 시간을 고통 속에서 보냈는지, 아버지께선 진정 알고 계십니까?"

메마른 음성으로 차분히 말하고 있지만 아들이 오열하고 있음을 공작은 알았다. 어떤 상황에서든 감정 조절을 해야 한다고 가르친 것은 그였으니까.

이래서였다.

아들의 존경과 신뢰를 잃을 것이 너무도 자명했기에 공작은 그렇게 할 수밖에 없었다.

"……어찌 안 것이냐?"

"이 와중에도 그것이 궁금하십니까?"

아버지가 싫은 적은 있었어도 지금처럼 남같이 느껴진 적은 없었다. 미안하다는 말보다(바라지도 않았지만) 사실의 출처를 알려 하는 아버지의 모습에 글렌은 정말이지 정이 뚝 떨어졌다.

아버지와 자신은 다르다는 걸 글렌은 오늘에서야 비로소 뼈저리게 통감했다.

"혹시 황태후를 만난 것이냐?"

"훗, 벨라 말입니까?"

황태후와 벨라.

분명 같은 여인인데 글렌에게는 어째서인지 둘의 사이가 좁혀지지 않았다.

'난 황태후를 만나고 온 것일까, 아니면 벨라를 만난 것일까?'

바로 어젯밤까지 그녀와 한 저택에 머물고 있었는데, 벌써 기억이 아득하다. 그저 어제가 꿈결 같았다.

"여기 있었군요."

찬바람을 맞아 가며 글렌이 머리를 식히고 있을 때, 등 뒤에서 이벨라가 말을 걸어 왔다. 그를 대할 때면 항상 날이 서 있던 그녀의 목소리가 오늘만큼은 아니었다.

"달이 좋네요."

그녀가 바스락거리며 다가와 옆에 섰다. 은은한 향수의 향이 글렌의 코를 간지럽혔다.

피식.

"왜 웃죠?"

갑작스러운 글렌의 웃음에 이벨라가 미간을 찡그리며 그를 돌아봤다. 글렌은 애써 웃음을 거두고 머리를 젖혔다.

"당신 눈에만 보이는 달인 것 같아서."

"뭐라고요?"

그게 무슨 소리냐는 듯 하늘을 올려다보던 이벨라가 곧 낭패한 표정을 지었다. 짙은 구름에 가려져 달이라고는 그림자도 비치지 않고 있었던 것이다. 부끄러움에 얼굴이 화끈거렸다.

"당신은 예전부터 어색하거나 당황하면 아무 말이나 하고는 했었지."

그 모습이 귀여워서 일부러 그녀를 당혹스럽게 만든 적도 있었다. 글렌의 인생에서 가장 아름다웠던 추억이자 다시는 돌아갈 수 없는 그리운 시절이었다.

"옛날 생각이 나는군. 방금 전까지만 해도 혼자 동떨어진 느낌이어서 살짝 우울했는데 덕분에 좋아졌어."

"미안해요. 당신 가문의 별장인데 마치 우리가 주인처럼 굴어서……."

"아니, 그런 얘기가 아니야. 나야 좋은 정보도 얻었으니 오히려 고마워해야지."

리안이 드래곤의 계승자이고 차이가 드래곤을 지키던 가디언 가문의 후손이라는 이야기를 글렌이 어디 가서 또 들을 수 있겠는가?

자신을 상관치 않고 털어놓은 것을 보면 곧 공표하겠다는 뜻이겠지만, 먼저 그러한 진실을 안다는 것은 지금과 같은 시국에 아주 중요했다.

리안이 드래곤의 계승자라는 말을 했을 때 글렌이 처음 든 생각은, 아버지가 직접적으로 그를 건드리지 않으신 게 다행이라는 것이었다.

그러면서 리안과 조카인 레베카가 이루어지지 않았다는 것에 살짝 아쉬운 마음도 들었다. 조카사위의 덕을 보고 싶어서가 아니라, 당분간 리안보다 더 멋진 남편감은 없을 것 같아서 말이다.

"당분간 대륙이 떠들썩하겠어. 사람들도 엄청 몰려들겠지? 제국에 큰 도움이 되겠군."

"……고마워요."

"뭐가? 아, 폐하 말인가? 암, 그래야지. 누가 뭐래도 폐하를 살리는 데 가장 큰 공헌을 한 게 나니까. 이참에 영지라도 하나 하사해 주시면 감사할 텐데."

말은 그래도 글렌이 대가를 바라고 움직이는 사람이 아니라는 건 이벨라가 더 잘 알았다.

"맞아요, 라테스를 치료한 것은 칼리스타 백작이지만 당신이 도왔기에 가능했죠. 그 점 무척 고맙게 생각해요. 하지만 내가 고맙다고 말한 건 그것 때문이 아니에요."

"그래? 그럼 뭐지? 내가 나도 모르게 무슨 착한 짓을 했던가?"

"당신이 날 이곳으로 데려오던 날 밤, 그때 일이 좀 있었어요."

"일?"

글렌의 눈꼬리가 까끄름하게 올라갔다. 금번 사태가 벌어진 이후로 그녀의 안전에 대해 나름대로 신경을 써 왔는데, 그런 보고는 듣지 못했기 때문이다.

"네, 맥카시 공작의 수하들이 날 끌고 가려고 했어요. 무슨 일 때문인지는 말해 주지 않았지만, 느낌상 굉장히 불길했죠."

"맥카시 공작이 당신에게 해코지를 하려 했다고 말하는 거야, 지금?"

"글쎄요. 그가 고문이라도 하려 한 걸까요?"

이벨라가 빙그레 웃었지만 글렌은 웃을 수 없었다. 그녀가 황실의 가장 높은 어른이긴 해도 그저 힘없는 여인일 뿐이었다. 그런 그녀에게 손을 뻗치려 하였다니, 맥카시 공작에 대한 분노가 새삼 끓어올랐다.

"라테스를 찾지 못하니 저라도 확실한 인질로 삼으려 했던 게 아닌가 싶어요. 중요한 건 지금 내가 여기 있다는 거죠. 고마워요, 글렌."

"……별말씀을."

"한 가지 더 말하고 싶은 게 있어요. 원래 이 말을 하려고 나온 거예요."

글렌을 직시하는 이벨라의 눈동자가 한순간 많은 것을 담아냈다. 한참을 그렇게 쳐다보기만 하던 그녀가 한층 맑아진 눈빛으로 말했다.

"내게 미안해하지 말아요. 나 당신 이제 이해하기로 했으니까."

"벨라, 무슨……."

"나한테 미안해서 라테스를 도와준 거잖아요. 내 아들, 세상 무엇과도 바꿀 수 없는 내 아들을 당신이 살렸어요. 그걸로 충분해요. 그러니 더 이상 나 때문에 괴로워하지 말아요. 나도 원망하지 않을 테니까."

"당신은 억울하지도 않은 건가? 나와 우리 아버지로 인해 당신 인생이 송두리째 망가졌잖아. 그런데도 괜찮다고?"

"난 지금 더없이 행복해요. 그리고 앞으로 더 행복하게 살거고요. 그거면 됐어요, 난."

든든한 친구들이 있으니 라테스도 더는 걱정할 필요가 없었다. 이벨라 또한 글렌과의 오해가 풀렸으니 심리적 고통에서 해방이었다. 근 이십여 년 만에 찾아온 평화인 셈이었다.

"……그렇군."

하지만 무슨 까닭인지 글렌의 표정은 밝지 못했다. 무거운
마음을 조금이나마 가볍게 해 주고 싶어 용기를 낸 것인데,
좋았던 분위기가 다시금 어색해졌다.

"당신이 그래서 행복하다면야……."

이벨라의 눈을 피하며 조용히 읊조리는 글렌의 말투에는
알 수 없는 씁쓸함이 배어 있었다.

"왜 말을 못하는 것이냐? 황태후를 만난 거냐고 아비가 물
었다!"

타운젠드 공작의 호통에 글렌은 힘겹게 상념에서 벗어났다.
그녀와 헤어진 지 불과 몇 시간도 채 되지 않았건만 머릿속이
온통 그녀 생각으로 가득했다.

"……네, 만났습니다. 그녀가 걱정돼서 잠을 잘 수가 없겠
더군요. 그래서 맥카시 공작 몰래 제가 빼돌렸습니다."

"네놈이 정녕 미친 게로구나! 우린 그저 지켜만 봐야 한다고
했던 내 말을 그새 잊은 것이냐?"

공작은 작금의 상황이 도무지 믿기지가 않았다. 글렌이 시
키지도 않은 일을, 그것도 한때 좋아했던 여자 때문에 아비인
자신의 명을 어겼다는 것에 그는 말문이 다 막혔다.

"당분간 그냥 조용히 계십시오. 그러셔야만 합니다."

"갑자기 그건 또 무슨 소리냐?"

"나중에 후회하지 않으시려면 아무것도 하지 마십시오. 아버지이기에 드리는 말씀입니다."

리안이 특별히 부탁하지는 않았지만 글렌은 말을 아꼈다. 그것이 자신을 믿어 준 리안에 대한 그의 보답이었다.

"아무렇게나 나오는 대로 지껄이는 것을 보니 네가 한 짓이 네 자신도 감당이 안 되는 모양이로구나! 못난 놈 같으니! 잡소리는 그만 집어치우고 황태후를 어디에다가 숨긴 것인지 당장 고하도록 하라! 네가 말을 못 한다면 없어진 하인들과 기사, 병사들을 알아내어 내가 직접 찾아낼 것이다!"

예상은 했지만 역시나 글렌의 말 같은 건 조금도 듣지 않는 공작이었다. 더 이상 대화를 나눠 보아야 감정만 상할 것이다. 글렌은 망설이지 않고 일어났다.

"어디 원하시는 대로 마음껏 해 보십시오. 후회는 제가 아니라 아버지께서 하시게 될 테니까요. 당분간 전 나가서 지내겠습니다."

기함하는 공작을 홀로 버려둔 채 글렌이 저택을 박차고 나왔다. 쌓인 눈 때문에 마차의 운행에 어려움이 따랐지만 그를 막을 수 있는 건 없었다.

*   *   *

새하얀 눈밭 위, 남녀 넷이 머리를 맞대고 쪼그려 앉아 회의

가 한창이었다. 그들의 중앙에는 각기 크기와 색이 다른 돌멩이와 나뭇가지가 놓여 있었는데, 그중 가장 큰 검은색 돌멩이를 손에 쥐고 엘이 심각하게 얘기했다.

"이 돌이 문제입니다. 다른 건 다 어떻게든 상대가 될 것 같은데 이건 도저히……."

"음, 리안이 작은 돌 두 개를 얼른 해치우고 상대하는 건 어때?"

"아사 님, 작다고 무시하시면 큰코다치십니다. 저 둘 절대 만만치 않아요."

"그럼 내가 하얀 돌 다 끝내고 덤벼 볼까?"

"흰색 돌도 쉽지는 않으실 겁니다. 공중전으로 몰고 가면 고생 좀 하실 거예요."

엘의 평가는 지극히 표준적이고 객관적이었다. 그것을 알기에 아사는 더 말하지 못했다.

"죄송해요, 제가 힘이 못 되어 드려서."

장갑 낀 손을 오므리며 우울한 음성을 내뱉은 건 비앙카였다. 그녀가 미안한 표정으로 일행을 돌아보며 '역시 저는 끼는 게 아니었어요'를 중얼거렸다.

"아닙니다, 비앙카 아가씨. 저희가 불리한 건 아가씨 탓이 아니에요."

"맞아, 흰머리 자식 때문이지 비앙카 너는 아니야. 그러니까 저 자식을 욕해!"

아사가 분노의 오라를 뿜으며 노려보는 곳에는 라키아가 짝다리를 짚고 팔짱을 낀 채 서 있었다.

"저 자식이 저렇게 비협조적으로만 나오지 않았어도 이런 고민은 하지 않았을 거야. 안 그래, 리안?"

아사가 동의를 구했지만 라키아의 시선이 워낙 따가웠기에 리안은 그저 어색하게 웃을 뿐이었다.

"오빠, 그러지 말고 오빠가 맡으면 안 될까?"

"싫어."

"아이, 그러지 말고 같이 하자. 나 꼭 오빠랑 이런 거 하고 싶었단 말이야. 응?"

"안 해."

유일한 혈육인 비앙카의 애교에도 라키아는 요지부동이었다. 그의 단호한 거절에 생애 처음으로 오빠에 대한 불만이 그녀 속에 자리 잡았다.

"어쩔 수 없습니다. 백작님과 아사 님, 그리고 저. 이렇게 셋이 틈이 나는 대로 접근을 해 보는 수밖에요."

"엘, 제가 말씀 안 드려도 잘 아시겠지만 이쪽도 몸이 꽤 재빨라요. 엄청 유연하기도 하고요."

나뭇가지를 찍으며 걱정스레 말하는 비앙카에게 엘은 씩 미소를 지었다. 상대가 여자치고 실력자라는 건 그녀도 알고 있다. 하지만 그녀에게 없는 것이 엘에게는 있었다.

"제거 대상 일 호입니다. 두고 보세요."

"……그녀가 다치진 않겠죠?"

제거라고 하니 뭔가 섬뜩하다. 그에 비앙카가 이마를 찌푸리자 엘이 부러 섭섭함을 표했다.

"같은 편인 저보다 적을 걱정하시는 겁니까?"

"아니요, 전 그게 아니라……."

"백작님이 계시니 염려하지 마세요. 설마 죽기야 하려고요."

엘이 한쪽 눈을 찡긋거린 뒤 일행에게 남은 지시 사항을 전달했다.

하지만 엘의 마지막 말 때문인지 비앙카에겐 그런 말들이 하나도 들려오지 않았다. 그녀의 시선이 멀리 진에게로 향했다.

"우리도 이렇게 가만히 있으면 안 되는 거 아닌가요?"

그 시각, 유일한 여성이자 일행 중 가장 의욕에 차 있는 진이 의견을 제시했다.

"저쪽처럼 우리도 뭔가 회의를 해야죠. 하다못해 각자 맡을 상대라도 정해 보자구요."

"굳이 그럴 필요가 있겠습니까? 이미 저편에서 다 정했으면 그냥 상대하는 게 나을 듯합니다만."

이제껏 눈밭에다가 열심히 그림 그리기에 열중하던 아이작이 처음으로 허리를 펴며 입을 열었다.

"라파스 씨도 같은 생각인가요?"

"네, 뭐. 상대가 누구인지 대충 예상도 갑니다."

"후작님과 켄 님은요?"

"두 분은 그냥 신경 끄십시오. 알아서들 하실 겁니다."

말없는 차이를 대신해서 라파스가 답할 때였다.

삐이이이—

시간이 되었음을 알리는 호루라기 소리가 장내에 울려 퍼졌다.

"모두 집합!"

우렁찬 목소리의 주인공은 라테스였다. 검은색 제복을 차려 입은 그가 떨어져 있던 두 일행을 불러 모았다.

"간단한 규칙에 대해 말씀드리겠습니다."

적색 깃발을 든 크리스가 양측을 돌아보며 설명했다.

"아시겠지만 마당에 그어진 선 밖으로 나가는 순간 아웃입 니다. 시간은 해가 지기 전까지, 공격은 반드시 눈으로 하여만 하고, 협의한 대로 순간이동 마법은 불허합니다."

"난 그런 거 모르니까 마음껏 하면 되는 거지?"

"네, 아사 님. 승리는 최후까지 남은 사람의 수가 많은 쪽이 이기게 됩니다. 상품은 따로 없지만, 지는 편이 마당을 정리해 야 하니 수고스러움을 피하려면 모두 최선을 다해 주십시오. 자, 그럼 준비되셨습니까?"

크리스가 쓱 한번 돌아보았다.

삐이이—

호루라기가 다시 울렸고 경기가 바로 시작되었다.

"진!"

시합 개시와 동시에 자신을 부르는 목소리에 무심코 돌아보던 진의 엉덩이로 커다란 눈 뭉치가 날아와 부딪쳤다.

다들 처음 해 보는 거라 경직되어 있는 반면 엘은 능수능란했다. 그녀가 혀를 쏙 내밀며 눈 뭉치를 하나 더 날렸다.

퍽!

미처 피하지 못한 눈덩이는 그대로 진의 얼굴에 와 꽂혔다.

그렇다. 그들은 눈싸움을 시작한 것이다. 라테스와 크리스를 심판 삼아 오 대 오로 편을 나누어 결전(?)을 벌이고 있었다.

"그러니까 엘이 내 상대?"

"으흥!"

자신감에 찬 엘의 태도가 진을 자극했다. 굳어 있던 그녀의 표정이 이내 부드럽게 변하더니 엘을 향해 힘껏 달렸다. 그녀를 유인하듯 엘도 마당의 외곽을 향해 뜀박질을 시작했다. 부츠 속 바람의 벗이 푸르게 반짝였다.

쑤아아앙!

바람을 가르며 눈덩이가 리안에게로 쏘아졌다. 습관적으로 블링크를 시전하려던 리안은 재빨리 헤이스트 마법으로 위기를 모면했다.

하지만 그것이 끝이 아니었다.

"흥, 누가 이기나 해보자!"

이후로도 리안을 향한 눈 뭉치는 쉴 새 없이 계속 쏟아졌다. 그것도 엄청난 속도로.

"야, 새발! 넌 내가 맡기로 했단 말이야. 리안한테 그러지 말고 나한테 덤벼!"

"묘인족 따위가 내 상대가 될 것 같아? 아예 이 대 일로 덤비시든가!"

리안만 보면 잡아먹고 싶어 안달이 난 켄다웠다. 어떤 말에도 리안이 웃으며 상대를 해 주는 통에 안 그래도 욕구불만(?)이던 그가 해소를 위해서인지 리안만을 집요하게 공격했다.

"그럼 저희가 심심하지요! 아사 님은 이쪽이 맡겠습니다!"

아이작과 라파스였다. 갑자기 그들이 눈빛을 주고받더니 빛의 속도로 합공을 펼쳤다.

"뭐, 뭐야!"

온통 켄을 해치울 생각만으로 가득하던 아사가 당황하며 황급히 뒤로 물러났다.

그렇게 해서 리안 대 켄, 아사 대 아이작과 라파스, 엘 대 진의 격전이 벌어졌다.

비앙카도 명백한 팀의 일원이었지만, 아무도 상대를 해 주지 않아 구경꾼이자 응원군의 신세가 되고 말았다.

"황후 마마, 이게 지금 다 무슨 소란입니까?"

"이반, 일어났어요?"

레지나는 마당이 가장 잘 보이는 곳에 자리를 잡고 경기를 관람 중이었다. 그런 그녀에게 부스스한 머리의 럼블리 백작이 다가왔다.

"아, 예. 제가 기상이 많이 늦었습니다."

리안과 용언 마법에 대한 이야기를 나누다가 아침에야 잠이 드는 바람에 백작은 아직도 머리가 띵했다.

"헐! 저기 계신 분, 진정 칼리스타 백작님이십니까?"

백작은 두 눈을 세게 한 번 감았다가 떴다. 같이 밤을 새워 놓고 너무도 멀쩡하게, 심지어 마법을 막 퍼붓고 있는 리안을 보며 그는 역시나 자신과는 다른 존재임을 느꼈다.

"네, 이반이 아침에 겨우 잠들었다고 오빠가 깨우지 말라고 하더라고요."

"그랬군요……."

"지금은 편을 나누어서 눈싸움을 하는 중이에요. 저도 참여하고 싶었는데 뱃속의 아기 때문에 폐하께서 허락해 주지 않으시네요."

가만히 앉아서 보기만 하는 건 활동적인 성격의 레지나에게 체질상 맞지 않았다. 하지만 임신은 어느 때보다 초기가 중요하다는 말 때문에 얌전히 있을 수밖에 없었다.

"편은 어떻게 되는 겁니까?"

백작이 안력을 돋워 상황을 살피며 물었다.

"차이, 아니 이제는 후작님이라고 불러야죠. 간단해요. 크라우저 후작님 파에 인원을 맞추기 위해 진이 들어갔어요. 덕분에 비앙카 양과 적이 되었죠."

"그건 좀 불리한 조합 같은데요? 비앙카 양만 유일하게 아무 힘도 없지 않습니까?"

"어차피 재미 삼아 하는 놀이인걸요. 그리고 비앙카 양의 사정 때문에 아무도 건드리지 않으니 막판까지 힘들이지 않고 살 수도 있고요."

"꼭 그럴 거 같지는 않은데요?"

"네?"

보라는 듯 럼블리 백작이 마당을 가리켰다.

아니나 다를까.

방금 전까지 아이작과 함께 아사를 코너에 몰아 놓고 열심히 협공 중이던 라파스가 잠시의 틈을 타 비앙카에게 접근하고 있었다.

"저러면 안 되는데……."

"그러게 말입니다. 잠자는 사자의 코털을 건드리려 하다니, 저 친구 바보로군요."

예리한 지적이었다. 눈 뭉치를 날리느라 정신이 없는 일행을 한심한 눈길로 바라보던 라키아가 라파스의 행각을 목격하고 동요하고 있었다.

"아무리 놀이라고 해도 여동생의 몸에 누군가 손대는 걸 용납할 분이 아니시죠."

레지나의 말이 떨어지지가 무섭게 라키아가 움직였다. 라파스가 비앙카의 뒤에서 눈 뭉치를 던지려는 순간, 그가 한 발로 바닥을 세게 찧었다.

쿵!

라키아의 주변으로 무수한 눈덩이가 솟아올랐다. 그것을 그가 두 발을 이용하여 라파스를 향해 망설이지 않고 쏘았다.

사실 이 모든 것은 일순간에 벌어진 것이어서 레지나가 본 것은 라키아가 몸을 회전하며 발차기를 하는 모습뿐이었다.

본인도 죽기는 싫었는지 라파스가 기겁하며 비앙카에게서 떨어졌다.

"다행히 살았네요."

"네, 근데 이제 아사 님이 위험합니다."

묘인국은 사막과 정글로 이루어진 나라였다. 리안과 지내면서 두 번의 겨울을 경험한 아사지만 차가운 눈은 당최 적응이 되지 않았다.

"리안! 리안!"

아이작과 라파스의 합공에 도망만 다니던 아사가 결국 리안에게 도움을 청했다.

"쯧쯧, 되다 만 고양이가 그럼 그렇지."

멀어서 들리지는 않았지만 고개를 젓는 라키아의 행동이 꼭 그렇게 말하는 것 같았다.

"어라? 후작님은 칼리스타 백작님과 적이라고 하지 않으셨습니까?"

"맞아요. 그러니까 켄 님과 후작님의 수하들이 오빠랑 아사를 공격하고 있는 거잖아요."

"그러면 제가 방금 뭘 잘못 본 모양입니다. 아직 잠이 덜 깼나……."

홀로 중얼거리던 럼블리 백작이 다시 눈을 홉뜬 것은 얼마 되지 않아서였다.

"어? 또!"

"왜 그러세요?"

"크라우저 후작님 말입니다. 좀 전에 칼리스타 백작님께서 눈 뭉치에 맞으실 뻔했는데 도와주셨어요! 다들 정신이 없어서 눈치를 못 챈 것 같은데, 저거 반칙 아닙니까?"

"음, 규칙은 딱 두 개예요. 공격은 반드시 눈으로만 하기, 순간이동 마법 쓰지 않기. 이걸 어기지는 않았으니 반칙은 아닌 것 같네요."

"와, 마법에만 제약을 두다니 너무한 거 아닙니까?"

"글쎄요. 전 별로. 어차피 그거 아니래도 다들 괴물인 건 마찬가지잖아요. 세상에 저렇게 눈싸움을 하는 사람들이 어디 있겠어요?"

간밤에 내린 눈을 청소하자는 의미로 시작된 내기가 어느덧 눈싸움으로 번져 벌어진 풍경이었다. 덕분에 황제인 라테스가 잠시 정치를 내려놓고 아이처럼 뛰어놀고 있으니 레지나로선 더없이 기분이 좋았다.

"좀 지루하죠?"

반복적인 공방이 계속되다 보니 라테스의 움직임이 뜸해졌다. 경기의 흐름을 바꾸려면 놀고 있는 선수를 이용하는 수밖에.

레지나가 벌떡 일어나 마당, 정확히는 라키아를 향해 소리쳤다.

"이긴 팀에게 오늘 저녁 특별 요리가 나갑니다! 진 팀은 빵 조각으로 때우셔야 할 거예요!"

한 치의 머뭇거림도 없었다. 내내 유치하다 욕하며 눈싸움에 끼지 않던 라키아가 저녁 메뉴에 아주 쉽게 넘어갔다.

인간이 살기 위해선 먹어야 한다, 라는 진리를 평소 늘 주장해 왔던 라키아이기에 그에게선 한 줌 부끄러움도 찾아볼 수 없었다.

그의 공략은 신속했다.

"세리나진 캘라미티 아웃!"

바람의 벗까지 동원된 엘의 집중 공격을 특유의 민첩함과 유연함으로 잘 피해 오던 진이 라키아가 던진 눈덩이에 맞고 마당에 그어진 한계선 위로 넘어지고 말았다.

고작 눈 뭉치였을 뿐인데 맞은 부위가 얼얼했다.

다음은 아이작과 라파스였다. 마침 리안의 포박 마법에 걸려 다리가 묶인 찰나에, 라키아가 날린 눈에 등과 허리를 맞고

쭉 미끄러졌다. 당연히 그곳은 선 밖이었다.

 "아이작, 라파스 아웃!"

 동시에 두 명이 탈락했다. 남은 것은 이제 차이와 켄. 표면적으로는 오 대 이였으나, 실상은 육 대 일이나 마찬가지였다.

 더 이상 할 일이 없다고 판단한 차이는 스스로 기권을 외쳤고, 켄은 그런 차이에게 분노한 나머지 이성을 잃고 적이 아닌 아군에게 달려들었다.

 "으악! 차이, 너 정말!"

 아웃을 외칠 필요도 없었다. 이미 서산으로 해가 뉘엿뉘엿 지고 있었다.

 "와아, 오빠! 우리가 이겼다!"

 비앙카가 한 거라곤 구경과 응원이 전부였지만, 어쨌든 이겼다는 것에 그녀는 환호했다.

 "역시 오빠가 최고야!"

 약속대로 레지나는 저녁 만찬을 마련하였고, 켄을 제외한 모든 사람들은 즐겁게 식사에 임했다.

 이제 내일이면 황궁으로 돌아간다.

 그 기대감 때문인지 평소보다 분위기가 밝고 경쾌했다.

제10화

환궁

밤사이 황도 시내 곳곳에 전단지가 뿌려졌다. 글자를 모르는 시민들을 위해 자세히 그림까지 그려져 있었는데, 그 내용이 가히 파격적이었다.

건강원에서 내온 차를 마시고 독에 중독된 황제. 그런 황제를 데리고 필사적으로 궁을 탈출한 황후와 윈체스터 백작의 이야기. 그리고 그 과정에서 희생된 근위 기사단과 감금당한 황실 마법사들.

맥카시 공작은 황제를 살린 영웅이 아니라 이번 사건의 주모자이고, 거짓된 공표로 제국을 혼란에 빠뜨린 대역 죄인이라는 것이 핵심이었다.

감히 황제를 독살하려 한 것으로도 모자라, 황후에게 누명을 씌우려 한 그를 가리켜 전단지는 파렴치하고 악랄한 두 얼굴의 공작이라 칭하였다.

더불어 이 같은 사실을 믿지 못하는 사람들을 위해 오늘 낮 정오에 친히 황제가 모습을 드러낼 터이니, 황궁 앞 광장에서 대기하라는 글이 말미에 붙어 있었다.

가장 놀라운 대목은 추신이었다. 단 한 줄의 문장이었지만 그 충격과 파급력은 단연 최고였다.

황후인 레지나의 회임 소식.

제국민들은 환호했다. 예로부터 손이 귀한 황실이기에 이세의 탄생은 언제나 제국의 가장 큰 경사였다.

독을 이겨낸 황제.

어려움 속에서도 아이를 지켜낸 황후.

둘의 이야기가 삽시간에 황도를 장악하며 널리 퍼졌다. 아직 정오가 되려면 먼 시간이었지만, 광장에는 이미 모여든 사람들로 바글바글하였다.

"젠장!"

맥카시 공작이 거칠게 책상을 내리쳤다. 도저히 울분이 가시질 않는다. 그가 책상 구석에 놓여 있던 재떨이를 들어 바닥에 힘껏 내팽개쳤다.

파핫!

크리스털로 만들어진 재떨이가 산산조각이 나며 실내가 꽁

초와 재로 얼룩졌다.

"공작 전하……."

수일을 잠을 이루지 못해 공작의 혈색은 말이 아니었다. 까칠해진 얼굴이야 콘로이 자작도 마찬가지였지만, 그는 일단 주군을 모시는 수하였다. 그가 애써 침착하려 노력하며 말을 이었다.

"사실이 아닐 수도 있습니다. 그러니 미리부터……."

"분명 칼리스타 백작의 짓이네. 뱅크를 처음 열었을 때도 광고지를 뿌렸었지. 기억 안 나는가?"

"왜 안 나겠습니까. 기억합니다. 하지만……."

"올 거야. 여기에 적혀 있는 시간에 꼭 맞춰서 나타날 거라고!"

지금까지는 아무리 그래 봤자 그의 밑이라고 생각했다. 하지만 이제는 그럴 수가 없게 되었다.

여전히 연락조차 닿지 않는 모레츠에, 본성으로 간 설리번도 언젠가부터 소식이 뚝 끊겼다.

그뿐이랴. 마지막 구명줄이던 황태후마저 시녀와 함께 사라져 버렸다. 그가 직접 황태후의 거처를 찾았을 땐 싸늘하게 식은 수하들의 시체밖에 없었다.

공작은 그때 처음으로 두려움이라는 것을 느꼈다. 아무리 뜻대로 일이 풀리지 않아도 겁을 먹었던 적은 없었는데, 그 순간부터 알 수 없는 한기가 몸을 짓누르며 그를 옥죄었다.

불안하거나 초조한 마음과는 차원적으로 달랐다.

이제껏 이루어 온 모든 것을 잃을 수도 있다는 절대적 공포.

그것은 그가 키운 최정예 군사들이 황궁을 장악하고 있음에
도 쉽사리 사라지지 않았다. 오히려 하루하루 시간이 지날수
록 점점 커져 갔다.

"일을 벌이지 말았어야 했어."

맥카시 공작의 입에서 어제와 같은 말이 또 흘러나왔다. 전
에는 좀처럼 볼 수 없던 나약한 모습이었다.

"어떻게 이렇게 철저하게 당할 수가 있는 거지? 정말 믿기
지가 않아. 내가, 천하의 이 내가 이런 수모를 겪는 날이 올
줄이야!"

"공작 전하, 아직은……."

"그만! 더 이상 날 기만하지 말게, 콘로이 자작. 거사가 실
패했다는 건 자네가 더 잘 알 거야. 황제를 놓쳤을 때, 우린
그때 진즉에 수습을 했어야 했어."

권력의 욕심과 자만감에 빠진 나머지 보지 못하였던 것이
다. 기습이 반쯤은 먹혀들었지만 역공에 완전히 당했다. 이번
일은 맥카시 공작, 그의 완패였다.

"허면 피하실 작정이십니까?"

조용히 자리를 지키고 있던 해몬드 백작이 무례를 무릅쓰고
물었다. 아무리 공작이라고 해도 사안이 사안인 만큼 지금의
궁지를 벗어나기는 힘들었다.

죄의 항목만 하더라도 수십 가지다.

살인, 협박, 교살, 불법감금, 허위 사실 유포 등 갖다 붙일 수 있는 죄가 무궁무진했다. 그중에서도 가장 무거운 죄는 어떤 이유에서든 용납할 수 없는 '역모'였다.

본인뿐 아니라 가족, 나아가 구족을 멸하게 하는 대역죄.

제정신이라면 이런 상황에서 공작이 택해야 할 것은 제국을 벗어나는 길뿐이었다.

"내가 나고 자란 나라가 여기이네. 죽더라도 여기서 죽어야지."

"공작 전하, 어찌 그런 말씀을 하십니까!"

"말이 그렇다는 거야. 이런 날을 대비해서 콘로이 자작 자네가 준비를 해 오지 않았나? 우리의 흑기사, 헤이스버트 백작을 써먹는 때가 왔네."

"정녕 그것이 통하겠습니까? 백작이라면 분명 공작 전하를 물고 늘어질 겁니다."

"그런 걱정은 말게. 죽은 자는 말이 없는 법이니까."

"⋯⋯!"

"그러나 문서는 죽은 자를 대변하지. 서명이라는 건 한 번 하면 끝이거든. 불에 태워서 없애지 않는 이상 돌이킬 수 없지."

이미 모든 것이 헤이스버트 백작의 주도하에 이루어진 것임을 증명하는 서류가 콘로이 자작에 의해서 완성이 된 상태였

다. 큰일을 벌이는 만큼 실패를 대비하여 항상 해 온 그들의
방식이었다.

"이제부터 난 권력에 눈이 멀어 멋대로 일을 벌인 수하를
벌하고 사건 수습에 나선 고결한 인물일세. 제국에 어떤 소문
이 도는지 관심도 없었고, 오로지 행방불명된 황제와 황후를
찾는 데에만 집중한 충실한 신하 말일세."

말도 안 되는 억지라고 누군가는 말하겠지만, 원래 역사는
힘 있는 자가 만드는 것이었다. 뻔히 보이는 얕은수라 할지라
도 제국의 공작인 그가 그렇게 나온다면 증거가 명확하지 않
은 이상 함부로 벌할 수는 없었다.

"공자님은…… 어찌하실 겁니까?"

가장 걸리는 점이 그것이었다.

모레츠.

아들인 그가 아직 칼리스타 백작의 손에 잡혀 있다. 확인된
사실은 아니지만 공작은 확신했다.

"헤이스버트 백작에게 속아 황제를 구하고자 직접 움직였다
고 우기는 것이 현 시점에서 가장 무난하긴 합니다만."

"그럼 살 수 있겠나?"

"참작하여 극형을 면할 수는 있겠지요. 그래도 감옥에는 가
셔야 할 겁니다."

"……알아서 처리하게."

이미 버린 아들이었다. 모레츠까지 살필 여력이 지금의 공

작에게는 남아 있지 않았다.

"사병들은 그대로 두실 생각입니까?"

흑기사를 만들어 두었지만 그것이 통할지는 미지수다. 그들의 계획대로만 된다면 좋겠지만 앞날은 모르는 것. 상대가 무력으로 나올 것을 그들도 대비해야만 했다.

"그래야지. 지금 우리가 우세한 것은 그것뿐이니."

"당분간 비상 체제를 유지하라 명하겠습니다."

"그쪽은 해몬드 백작이 맡도록 하고, 콘로이 자작은 서둘러서 황제를 맞을 준비하게. 성대한 환영식이 필요할 때야."

다른 것도 아닌 그의 생사가 달린 일이었다. 이전과 같은 실수는 없어야 한다. 단호한 공작의 명에 두 사람이 빠르게 움직였다.

*   *   *

"자네는 어떻게 생각하나?"

전단지를 사이에 두고 타운젠드 공작과 스웨르겐 백작이 마주 보았다.

"전부 사실 같은가?"

그들도 정보력을 총동원하여 황제의 행방을 알아보는 중이었다. 하나 여전히 오리무중이었고, 작은 단서 하나조차 찾지 못했다.

"아무래도 저는 진실 쪽에 무게가 실립니다. 글과 그림 모두 당시 정황에 대해 제법 상세하게 표현이 되어 있을뿐더러, 뿌려진 전단지의 양이 어마어마합니다. 그 비싼 종이 값을 누가 댔겠습니까?"

"게다가 이번이 처음이 아니지."

"네, 전단지는 칼리스타 백작이 그간 자주 이용해 온 홍보 방법입니다."

"드디어 나타났군."

소문으로만 무성하던 상대가 마침내 행동을 개시했다. 그의 등장이 제국에 어떤 바람을 불러올지 몰라도, 더 이상 답답해하지 않아도 된다는 것에 공작은 만족했다.

"맥카시 놈의 반응은 어떤가? 먼저 살피고 오느라 늦은 것 같은데."

공작이 전단지의 소식을 들은 것이 이른 아침이었다. 정보 체계를 담당하는 백작이니 알아도 먼저 알았을 터. 오랜 정적인 맥카시 공작의 상태가 공작은 자못 궁금하였다.

"자세한 사정은 다시 보고를 들어 봐야 알겠지만 환영식을 준비하는 모양입니다. 그쪽도 믿는 눈치였습니다."

"머리가 있다면 그렇겠지."

"이번에도 누군가에게 뒤집어씌울 요량 같은데, 그게 누가 될지는 아직 모르겠습니다."

"금번엔 쉽지 않을 거야."

일을 크게 벌인 만큼 수습하기도 만만치 않을 것이다. 타운
젠드 공작은 생애 처음으로 맥카시 공작이 안쓰럽게 느껴졌
다.

"아직 사병들을 황도 밖으로 물리지는 않는 것으로 보아 무
력 대결도 생각하고 있는 것 같긴 합니다."

"똥줄이 타기는 하나 보군. 하긴, 멍청한 선택이었지. 자네
도 명심하게. 어떤 수단으로든 황제를 압박할 순 있어도 절대
해서는 안 되는 게 있네. 황제의 옥체에 위해를 가하는 것. 그
건 무엇으로도 용서가 안 되는 죄일세. 맥카시 그놈은 큰 실수
를 한 거야."

"저도 그렇게 생각하긴 합니다만, 성공만 하였다면 공작은
잃어버린 많은 것들을 되찾을 수 있었습니다. 미리 가지고 있
던 해독약으로 황제를 살려내면 진정한 영웅이란 소리까지 들
었겠지요. 물론 그때가 되면 황제의 측근들은 모두 사라지고
없을 테고요."

다 알면서도 가만히 있었던 것은 타운젠드 공작도 마음에
드는 각본이었기 때문이다. 눈엣가시 같던 칼리스타 백작만
치워 준다면 맥카시 공작을 도와줄 수도 있었다.

하지만 공작의 거사는 실패했고 오히려 역공을 당하고 있었
다. 그렇다면 여기서 택하여야 한다.

황제가 돌아온다고 하니 재상으로서 더는 좌시하고만 있을
수 없는 것이다. 둘 중 어느 한 편에 서서 같이 죄를 물어야만

했다.

　"당분간 그냥 조용히 계십시오. 그러셔야만 합니다."

　"나중에 후회하지 않으시려면 아무것도 하지 마십시오. 아
　버지이기에 드리는 말씀입니다."

　불쑥 며칠 전 글렌이 했던 말이 떠올랐다. 헛소리를 한다며
불같이 화를 내었지만 이상하게 내내 찜찜했다.
　녀석은 뭔가를 알고 그런 말을 뱉은 것일까?
　석연치가 않다.
　황태후를 빼돌리고 돌아온 지 얼마 되지 않아 이러한 일이
생긴 것도 단순한 우연은 아닌 듯한 기분이었다.
　"장인어른."
　사위의 부름에 타운젠드 공작은 사념에서 깨어났다.
　"어찌하실 겁니까?"
　어지러운 정국이 바로잡히는 시기였다. 이럴 때일수록 태도
를 확실히 해야 뒤탈이 없다.
　"자네가 한번 말해 보게. 어찌하면 좋겠나?"
　"솔직히 말씀드리면 이미 전세는 기울었다고 생각합니다.
아무리 맥카시 공작이라고 하여도 이번 일에서 벗어나기란 힘
들 겁니다."

"그렇겠지?"

"네, 성격상 순순히 물러나지는 않을 테니 무력전으로 갈 조짐이 큽니다."

웬만하면 오지 않기를 바란 상황이지만 사태가 어쩔 수 없게 돌아가고 있었다. 원치 않아도 타운젠드 공작도 준비를 해야 하는 것이다.

"흐음……."

"한 말씀 더 드리자면, 장차 제국의 황제가 될 수도 있는 분을 황후께서 잉태하고 계십니다. 고민하실 필요가 전혀 없는 문제 같습니다."

끄덕.

동의한다는 듯 타운젠드 공작이 고개를 끄덕거렸다.

"새로운 기둥의 탄생이군."

맥카시 공작을 무찌르고 그 자리에 오를 새로운 정적. 그 상대가 고작 스무 살이라는 사실이 기가 막혔지만 타운젠드 공작은 인정하기로 했다.

상대의 능력을 인정치 않으면 실수만 반복할 뿐이다. 이성적이고 합리적인 판단을 위해서는 꼭 그리해야만 했다.

"그쪽으로 정하신 것입니까?"

"일단은."

"앞으로 한 시간 남았습니다. 광장에는 나가실 것인지……?"

"오랜만에 뵙는 황제가 아닌가. 마중을 나가야지. 전부 다 집합시키게."

언제 일이 터질지 모르니 안전에 신경을 써야만 했다. 잘하면 모든 것이 오늘 결판날 수도 있다. 각별한 주의가 필요했다.

"위클리 백작과 리즈완 백작에게 연락을 넣겠습니다. 로스 백작은 궁에 있으니 알아서 나오겠지요."

"후작이 나타날 것인지 갑자기 궁금하군."

이번 겨울에도 차이는 여지없이 사라졌다. 덕분에 잠시 신경을 끄고 지냈지만, 칼리스타 백작의 호위기사를 자처하던 그이니 마냥 안심할 수는 없었다.

"그가 온다고 해도 저희가 황제의 편에 섰으니 대립할 일은 없지 않겠습니까?"

"그거야 그렇긴 하네만, 그가 나선다면 후작의 존재가 밝혀지게 되는 것이 아닌가? 우리가 그동안 막아 온 이유가 무엇인데."

칼리스타 백작에 라키아, 거기에 후작까지 더해진다면 황제의 앞날은 탄탄대로나 진배없었다. 칼리스타 백작도 그에 탄력을 받아 원래의 맥카시 공작보다 더 높은 위치에까지 오를 수 있다.

이제껏 만났던 어떤 적보다도 위협적인 존재가 될 수 있는 것이다.

"후작이 올지 안 올지는 아직 모르는 일입니다. 우선은 황제의 환궁에 집중하고 나중 일은 후에 다시 생각하시는 게 좋을 듯합니다."

"그래, 아직은 아는 것이 아무것도 없지. 한 시간이 꽤 길 것 같군."

한 시간 후 제국에 어떠한 변화가 생길지 짐작조차 하지 못한 채, 공작이 굳은 표정으로 소파에 등을 기댔다.

*　　*　　*

황궁 앞 광장은 항상 사람들로 붐비는 곳이었다. 황실에 행사가 있거나 축제가 있을 경우엔 혼잡함이 더 심해지기는 했으나, 금일처럼 발 디딜 틈조차 없는 경우는 처음이었다.

얼마나 많은 인파가 황제를 보기 위해 모여들었는지, 광장과 이어진 대로도 상황은 마찬가지였다. 마차의 진입 또한 거의 불가능해서 귀족들도 직접 발품을 팔 수밖에 없었다.

"체노위스 백작님! 듀란 경!"

정오가 되기 이십여 분 전.

간신히 분수대에 자리를 잡고 쉬고 있던 체노위스 부자의 귀로 익숙한 목소리가 들려왔다.

"보웬 남작님!"

"자네 괜찮은가?"

인간 장벽을 뚫고 그들 앞에 도착한 남자는 보웬 남작이었다. 산발한 머리하며 비지땀을 흘리는 모습이 평소의 그와는 매우 달랐지만, 화려한 옷차림은 여전했다.

"어우, 말도 마십시오! 제가 아는 사람 찾는다고 아주 죽는 줄 알았습니다!"

"내로라하는 마당발인 자네가 말인가?"

"어이쿠, 고작 한 발짝 걷는 데도 이리 치이고 저리 치이는 상황입니다. 이런 곳에 어찌 귀부인들이 올 수 있겠습니까? 아시다시피 제 마당발은 여인들에게만 걸쳐 있어서 말입니다. 하하하!"

남작이 호탕하게 웃으며 손수건을 꺼내 흐르는 땀을 닦았다. 머리부터 정돈해야 할 것 같다고 내심 충고를 해 주고 싶었으나, 한 번 화제가 잡히면 엄청난 수다를 떠는 남작이기에 듀란은 꾹 참기로 했다.

"그보다 체노위스 백작님께서도 전단지를 보고 오신 것이죠?"

"우리뿐 아니라 여기 모든 사람들이 그럴 것이네."

"따로 연락을 받지는 않으셨습니까?"

행여 누가 들을세라 보웬 남작이 말소리를 낮추고 물었다.

"자네도 받았나?"

"네, 일주일 전쯤에 칼리스타 백작에게서 서찰이 한 장 왔습니다."

그 서신에는 무사히 살아 있으니 걱정하지 말라는 말과 더불어, 돌아가면 힘이 되어 달라는 문구가 짤막하게 쓰여 있었다.

덧붙여 서찰은 리안과 황실을 지지하는 귀족들에게만 비밀리에 보내지는 것이니 당분간은 알리지 말아 달라는 부탁이 있었다.

"저에게도 왔습니다."

갑자기 끼어든 음성의 주인은 덥수룩한 수염의 포만 남작이었다. 그의 옆에는 올해 세이프리드 아카데미에 입학해 우등생으로 뽑힌 컬린도 함께였다.

"아카데미도 문을 닫게 했다고 하더니 진짜였군요. 그건 아니었으면 했는데."

아카데미뿐 아니라 바다향기와 칼리스타 상단 등 리안과 관계된 모든 것이 정상적으로 운영되지 않아 사람들의 불만이 이만저만이 아니었다.

"이참에 맥카시 공작을 완전히 밀어 버렸으면 좋겠습니다!"

"어허, 포만 남작. 아직은 소리를 낮추게. 주변에 사람이 많아."

체노위스 백작이 경고하였지만 포만 남작은 두려워하지 않았다.

"들으라지요. 그는 역모를 저지른 대역죄인입니다! 단두대에 세워 모두가 보는 앞에서 확실하게 처리를 해야 다시는 또

이 같은 일이 생기지 않을 겁니다!"

리안의 치료 마법으로 이제 막 정상적인 몸이 되어 아카데미 생활에 적응 중인 아들이었다. 그런 아들의 즐거움을 망쳐버린 맥카시 공작이 포만 남작은 진심으로 저주스러웠다.

"고정하세요, 아버지. 칼리스타 백작님께서 오시면 틀림없이 모든 걸 바로잡아 주실 거예요."

자신의 몸을 낫게 해 준 리안이라면 잘못된 제국 또한 고쳐 줄 거라고 컬린은 확신했다. 그가 아는 한 아무런 방비나 대책 없이 전단지를 뿌리실 분이 아니었다.

"저는 그만 친구들에게 가 볼게요. 근처에서 만나기로 했거든요. 나중에 또 뵙겠습니다."

일행에게 꾸벅 인사를 한 뒤 컬린이 커쉬너와 서머를 찾아 인간 숲을 헤매었다.

"컬린! 여기야, 여기!"

커쉬너와 서머는 분수대의 반대편에서 컬린을 기다리고 있었다. 각자 아버지가 속한 파벌은 달랐지만, 셋은 마법을 함께 배운다는 공통점 때문인지 꽤 친하게 지내고 있었다.

"커쉬너 형, 서머 형, 잘 지냈어요?"

"넌 말 좀 놓으라니까, 또 존댓말이냐?"

"그러게. 안 본 사이에 다시 처음으로 돌아갔네."

쑥스럽게 웃는 컬린의 머리를 커쉬너가 장난스럽게 흩뜨렸다.

"죄송해요."

"죄송하면 고쳐!"

컬린의 가슴을 툭 치고는 서머가 주위를 빙 둘러보았다.

"그나저나 이래서 칼리스타 백작님이 제대로 오실 수 있으려나 모르겠네."

"아, 저도 그 생각했어요! 오다가 보니까 길들이 완전 꽉 막혔던데, 제시간에 오실 수 있을까요?"

"하늘에서 짠 하고 나타나시진 않을 테니, 문제는 문제네."

셋은 리안의 팬이기도 했지만, 무엇보다 아카데미로 돌아가 하루라도 빨리 마법을 다시 공부하고 싶었다. 황제가 무사히 돌아와서 제국이 안정되는 것도 중요하지만, 아직 어린 그들에게는 아카데미가 더 중요했다.

"엇, 타운젠드 공작님이다!"

"어디, 어디?"

서머가 가리키는 곳은 광장의 동쪽 끄트머리였다. 수많은 인파로 어지러운 광장에서 서머가 공작을 단번에 알아본 이유는 사람들의 움직임 때문이었다.

타운젠드 공작과 그의 측근들이 한 걸음씩 내디딜 때마다 마치 썰물이 물러가듯 길이 자동으로 터졌다. 분명 공작은 아무 말도 하지 않고 있는데 저마다 머리들을 숙여 가며 알아서들 비켰다.

"형네 아버지도 계시다. 아들과 사위까지 대동하셨네. 응?

근데 저분은 누구지?"

"누구?"

"저기 곱슬머리 남자 말이야. 위클리 백작님 옆에."

"은발 말이야?"

아담한 키에 왜소해서 처음에는 눈에 잘 띄지 않았으나, 정오의 강한 햇빛이 쏘이자 그의 머리가 유독 반짝거렸다.

"커쉬너 형, 모르는 사람이야?"

"응, 나도 처음 보는데?"

저런 특별한 외모라면 그가 잊을 턱이 없었다. 곰곰이 머릿속을 뒤져 보았지만 역시나 기억나는 바가 전혀 없었다.

"앗! 맥카시 공작도 나오나 보다!"

어느 틈엔가 황궁의 정문이 활짝 열려 있었다. 그리고 그 사이로 맥카시 공작을 위시한 그의 측근들이 하나둘 모습을 드러냈다.

"서머 형, 타운젠드 공작님은 공작님이라고 하더니 맥카시 공작님은 왜 그냥 공작이야? 형네 아버지 맥카시 공작님을 지지하는 거 아니었어?"

"이젠 아니기도 하지만, 그것보다 아카데미를 닫게 한 원흉이잖아! 넌 그런 사람한테 님 자를 붙이고 싶냐?"

"나도 싫기는 한데, 그래도 어른이니까……."

"어른도 어른다워야 어른인 거야. 칼리스타 백작님이 오시면 맥카시 공작부터 처리할걸?"

"그게 좀 어려울 것 같다."

맥카시 공작의 좌우에 서서 같이 걸어오는 이들은 그들도 익히 아는 자들이었다. 황궁 제2기사단의 단장인 후퍼 백작과 비밀리에 입국한 해몬드 백작, 둘 모두 제국을 대표하는 소드마스터들이었다.

"순순히 잘못을 인정하고 항복하기엔 지은 죄가 너무 엄청나니까. 죽지 않으려면 잡아떼야 할 테니 맥카시 공작도 힘 좀 들겠네."

전단지의 내용이 다 사실이라면 맥카시 공작은 당장에 목을 베어 사형에 처해야 할 죄인이었다. 그러나 당당한 그의 행동 때문인지 돌멩이 하나 던지는 사람이 없었다.

타운젠드 공작에게 그러했듯이 다들 앞다투어 자리를 비우느라 정신이 없었다.

뎅— 뎅— 뎅—

광장의 시계탑에서 정오를 알리는 소리가 들린 것은 그때였다.

맥카시 공작을 보며 수군거리던 사람들이 모두 약속이라도 한 듯 입을 닫았다. 거짓말처럼 광장 전체에 정적이 내려앉았다.

하지만 기대감이 너무 컸던 것일까?

정오가 되고 마지막 열두 번째 종소리가 끝이 났음에도 광장에는 아무런 변화가 일어나지 않았다.

어찌 보면 그것은 너무도 당연했다. 황제의 행렬이 보였다면 이미 멀리서부터 소란스러워졌을 테니까.

애써 그런 생각을 떨쳐냈던 건 황제의 무사함을 직접 확인하고 싶은 마음이 컸기 때문이었다.

어서 빨리 황제께서 나타나시어 혼란한 제국을 잠재워 주길 제국민 모두가 바란 것이다.

"내가 이럴 줄 알았어! 오기는 누가 와!"

"잠도 제대로 못 자고 기다렸건만, 에이 씨·지랄이네!"

"어느 놈이 장난을 친 거야! 시불, 돈지랄을 할 데가 그렇게 없었냐!"

여기저기서 불만이 속출했다. 추운 날씨에도 아랑곳없이 나와 있던 이들이었다. 장난에 놀아났다고 생각하자 다들 험한 욕설을 뱉어냈다.

"어떻게 된 건가? 왜 안 나타나?"

잔뜩 긴장하고 있던 후퍼 백작이 콘로이 자작에게 물었으나 그도 모르긴 매한가지였다. 분명 칼리스타 백작이 뿌린 것이라 여겼는데 아니었단 말인가?

"뭔지 몰라도 일이 틀어진 것 같군."

"아직도 칼리스타 백작이 한 짓이라 생각하시는 겁니까?"

"그가 아니면 이런 짓을 벌일 자가 또 누가 있겠나? 제시간에 도착하지 못하는 이유가 있을 거야."

이로써 맥카시 공작에겐 몸을 뺄 수 있는 기회가 더 확고해졌다. 황제가 도착하기 전에 여론 몰이를 할 시간을 벌었으니 미래가 조금은 밝아졌다.

"그만 돌아가는 게 좋겠군."

만족스러운 미소를 입가에 머금은 채 공작이 광장에서 등을 돌렸다.

"모두 하늘을 좀 보세요!"

그때 갑자기 웬 여인이 하늘을 손가락질하며 비명을 질렀다. 웅성거리던 주변 사람들이 반사적으로 고개를 들어 하늘을 바라보았다.

"하, 하늘이 갈라진다!"

더듬거리며 소리치는 누군가의 외침에 점차 하늘을 향하는 눈들이 늘어났다.

"하늘 문이 열리고 있어!"

"전부 피해! 유성이 쏟아질 거야!"

"신께서 강림하신다!"

반응들도 각기 다양했다. 처음 접하는 괴이한 장면에 혼비백산하여 도망가는 자들도 더러 있었지만, 길이 열리지 않아 그 속도가 무척이나 더뎠다.

"커쉬너 형, 저게 뭐지?"

"일단 구름은 아닌 것 같아."

금빛 기운을 머금은 알 수 없는 기류였다. 작게 시작된 그것이 점차 영역을 넓혀 가더니 어느 순간 팟 하고 폭발했다.

"엄마아아!"

"으아악!"

고성이 난무했고 광장은 그야말로 순식간에 난장판이 되었다.

하지만 그것은 시각적으로 일어난 현상일 뿐, 지상에는 아무런 재해도 끼치지 않았다. 다들 무사했고 금빛 기류도 더 이상 보이지 않았다.

달라진 것이라면 오직 하나.

마치 천신이 하강하듯 이십여 명의 사람들이 서서히 지상으로 내려오고 있다는 것이었다.

그 놀라운 광경에 다들 할 말을 잃고 입을 쩍 벌렸다. 도무지 믿기지 않는 장면을 보고 있어서인지, 놀람의 주인공들을 알아보는 데만도 적지 않은 시간이 걸렸다.

"혀, 형…… 우리가 지금 본 게…… 설마…… 워프 마법이야?"

"그것도 저렇게 많은 사람을…… 한꺼번에……?"

한 번도 본 적은 없지만 커쉬너와 서머는 워프 마법임을 확신했다. 그게 아니라면 달리 설명할 길이 없다. 갑자기 하늘에서 툭 하고 사람이 떨어질 수는 없으니 말이다.

"머, 멋지다……."

모두가 넋을 놓고 쳐다보는 사이 일행 모두 안전하게 지면에 착지했다. 분위기에 압도된 것인지 한마디도 없이 자연스럽게 자리를 터 주었다.

"폐, 폐하!"

그리고 그제서야 하강한 무리의 면면을 알아보고 함성이 터져 나왔다.

"황후 마마께서도 함께 계신다!"

"황제 폐하, 만세! 황후 마마, 만세!"

건강한 부부의 모습에 감복한 제국민들이 눈물을 흘리며 바닥에 엎드려 예를 올렸다. 황제와 황후가 무사히 살아 돌아왔으니 앞으로 제국에 좋은 일만 생길 것이라는 축복의 말들이 연이어 쏟아졌다.

"글렌, 네가 말했던 게 이것이었느냐?"

타운젠드 공작이 어금니를 꽉 깨문 채 아들에게 물었다. 워프 마법이 몇 서클의 마법인지는 몰라도 그사이 리안에게 진전이 있었음을 간접적으로 보여 주고 있었다.

"끝이 아닐 겁니다."

눈도 마주치지 않고 대답하는 글렌이 괘씸했지만 공작은 일단 입을 다물었다. 보여 줄 것이 아직 남아 있다면 봐 주는 것이 예였다.

"모두 고개를 들라."

은은한 떨림이 장내를 울렸다. 차분한 라테스의 목소리가 리안의 마법을 타고 광장 곳곳으로 퍼졌다.

"그대들이 알다시피 짐은 사악한 음모에 빠져 목숨을 잃을 뻔했다. 황후와 그의 오라비인 칼리스타 백작이 아니었다면, 아마 지금 이 자리에 있지 못하였을 것이다."

일행의 중앙에서 황금빛 광채를 뿜어내고 있는 리안을 라테스가 직접 손으로 가리켰다.

광장에는 리안을 원래 아는 자들도 있었고 처음 보는 이들도 있었다. 그들 모두가 존경과 놀라움이 뒤섞인 눈빛으로 리안을 바라보았다.

아무도 말해 주지 않았지만 워프 마법을 펼친 이가 리안이라는 것을 그들은 알았다. 하늘에서 보았던 금빛과 리안에게서 흘러나오는 빛이 꼭 같았기 때문이다.

"하여, 짐은 칼리스타 백작의 공을 높이 사는 뜻으로 그에게 공작위를 하사한다!"

"폐하!"

다들 깜짝 놀랐지만 가장 놀란 건 당사자인 리안이었다. 그의 감정에 반응이라도 하듯 황금색 광채가 같이 흔들거렸다.

"더불어 짐을 시해하고 황실과 제국을 혼란에 빠뜨린 맥카시 공작에겐 작위 박탈은 물론이고 참형을 내리겠노라!"

같은 시간, 같은 공간에서 극과 극의 명령이 떨어졌다. 창졸간의 사태에 얼떨떨한 나머지 병사들이 움직이지 못하자 황제가 다시 명했다.

"황실 기사단과 병사들은 무엇을 하는 것이냐! 대역죄인인 맥카시 공작을 당장 잡아들이도록 하라!"

병사들이 동요했다. 황제의 명이니 들어야 했으나, 숨어 있는 맥카시 공작의 사병들이 두려운 탓이다.

더욱이 공작의 옆에는 소드 마스터가 둘이나 붙어 있었다. 그들이 달려들었다가는 단칼에 목이 날아가리라.

"라키아."

라테스의 부름에 라키아가 나서려는 찰나, 당황하던 맥카시 공작이 돌연 무릎을 꿇으며 외쳤다.

"폐하, 전부 오해이십니다! 이 모든 걸 꾸민 것은 신이 아니라, 헤이스버트 백작이옵니다! 권력에 눈이 먼 그자가 저도 모르게……."

"그래서 헤이스버트 백작은 지금 어디에 있나?"

차갑게 말을 자르는 라테스에게 흔들리지 않고 맥카시 공작이 턱짓했다. 그러자 대기하던 병사가 상자를 하나 내왔다.

"그것이 무엇인가?"

"헤이스버트 백작의 목이옵니다. 생포하려고 애를 썼으나, 차라리 죽겠다며 날뛰는 통에 그럴 수가 없었습니다."

"그래? 그 안에 든 것이 진정 헤이스버트 백작의 목이렷다?"

"믿기지 않으시면 직접 보십시오."

공작의 신호에 병사가 상자의 뚜껑을 열어 머리채를 잡고 높이 쳐들었다. 광장의 여인들이 질겁하며 꽥 비명을 질렀다.

"감히 폐하를 해치려고 한 역적의 수장입니다. 구족을 멸하심이 옳을 줄로 사료되옵니다!"

"그것 참 이상하군. 이반."

"예, 폐하."

"헤이스버트 백작이 언제 저렇게 젊어졌지? 사람이 죽으면 젊어지기도 하나?"

"무, 무슨……!"

맥카시 공작이 벌떡 일어나 잘린 목에게 다가갔다. 그리고 잠시 후, 공작의 얼굴이 믿을 수 없다는 듯 일그러졌다. 황제의 말대로 그는 헤이스버트 백작이 아니었던 것이다.

공작이 급히 수하들을 돌아보니 다들 공작만큼이나 어이없다는 표정을 하고 있었다.

"헤이스버트 백작은 듣거라! 이곳에 있다면 당장 짐 앞에 나타나 너의 결백을 증명하도록 하라!"

맥카시 공작은 그 순간 깨달았다. 이건 함정이다. 헤이스버트 백작을 호명하는 황제의 얼굴은 자신감으로 충만했다.

'다 끝이야.'

그가 그렇게 결정지은 순간 십여 미터 떨어진 곳에서 헤이스버트 백작이 걸어 나왔다. 공작을 응시하는 그의 눈에서는 불꽃이 일고 있었다.

"맥카시 공작, 그대는 끝까지 짐을 능멸하는군. 그런 말 같지도 않은 핑계를 대면 그대가 살 수 있을 것 같은가?"

"……!"

"그대에게도 긍지라는 것이 있다면 얌전히 오라를 받도록 하라. 반항할 시에는 즉시 사살을 명하겠다."

낮은 저음의 목소리로 침착하게 명을 내리는 라테스는 과연 제국의 황제다웠다. 자신을 죽이려 했던 신하를 상대하면서도 그는 조금도 흥분하지 않았고 오히려 고결한 모습을 보였다.

"감히 이 나를 사살하겠다고?"

회유가 통하지 않는다면 맥카시 공작도 방법은 없었다. 개죽음을 당할 수는 없으니 맞서서 싸우는 수밖에.

다행히 황제의 곁에는 소드 마스터가 라키아와 윈체스터 백작 둘뿐이었다. 차이가 없다는 것이 한순간 공작에게 큰 희열을 느끼게 했다.

대마법사인 리안이 조금 걸렸지만 어차피 황도에는 공작의 사병들이 진을 치고 있었다. 그가 이기는 건 시간문제였다.

"시작해."

공작의 하명에 그의 수하들이 움직였다. 그 순간 이제껏 얌전히 황제의 옆을 지키던 리안이 공중으로 솟아올랐다. 어느덧 그런 리안의 머리칼은 황금색으로 물들어 있었다.

"상관치 말고 전부 싹 치워 버렷!"

광장에 모인 인파는 방해물이 될 수밖에 없었다. 이미 반기를 든 이상 망설이는 것은 곧 죽음으로 가는 길목.

챙! 챙!

기사와 병사들이 서슴없이 무기를 뽑아 시민들을 향해 휘둘

렀다.

깡! 까앙!

그러나 살갗이 베이는 소리도, 고통에 찬 누군가의 비명도, 피가 튀는 잔혹한 장면도 어느 것 하나 일어나지 않았다. 대신 두꺼운 방패에 부딪힌 듯한 충격음이 일대를 뒤덮었다.

"실드 마법이다!"

"칼리스타 백작님이 막아 주시고 계셔!"

말 그대로였다. 어느 틈엔가 광장 전체가 리안이 펼친 황금 장막으로 안전하게 둘러싸여 있었다.

직접 경험하고 있으면서도 믿을 수가 없는 상황이었다. 홀로 이 많은 사람들을 지켜내고 있는 칼리스타 백작의 신위에 모두가 경악했다.

하지만 정작 놀라운 일은 다음에 일어났다.

실드를 깨뜨리기 위해 덤벼드는 맥카시 공작 무리 위로 황금빛 벼락이 무섭게 내리꽂혔다.

콰광!

지축을 울리는 굉음이 터졌다.

동시에 별안간 하늘 전체가 까매졌다. 방금 전까지 대낮이었다는 사실이 믿기지 않을 만큼 광장 전체에 어둠이 내려앉았다.

그리고 들려오는 기이한 울음소리.

"드, 드래곤이다!"

지금은 멸종되었다고 알려진 거대한 드래곤의 형상이 리안의 머리 위로 또렷이 떠올랐다.

　커다란 눈알을 번뜩이며 아래를 내려다보던 드래곤이 입을 벌리자 황금빛 브레스가 뿜어져 나왔다.

　바야흐로 8서클 대마법사의 존재가 대륙에 알려지는 순간이었다.

『마법군주』11권에서 계속

왜 알 요리만 먹어????

…알만이니까요.

의 아침

까칠 리안

숲의 정령이면
훼손된 자연도
복구할 수 있는
거 아닙니까?

9권 중…

으음…

당연히 그렇지만
그게 얼마나
피곤한 일인 줄
알아?

짹
짹…

모릅니다.
내 일 아니에요.

까칠

……

수두둑

대머리 독수리의 전조

!?

드래곤의 패기